# Ihr letzter Eintrag

Günther Tabery

Bibliografische Information der Deutschen Nationalbibliothek:

Die Deutsche Nationalbibliothek verzeichnet diese Publikation in der Deutschen Nationalbibliografie; detaillierte bibliografische Daten sind im Internet über: http://dnb.dnb.de abrufbar.

Die automatisierte Analyse des Werkes, um daraus Informationen insbesondere über Muster, Trends und Korrelationen gemäß §44b UrhG („Text und Data Mining") zu gewinnen, ist untersagt.

Cover: Jutta Schultz, Berlin

Herstellung und Verlag:

BoD – Books on Demand, Norderstedt

ISBN: 978-3-7583-7321-3

1

„Griechische Insel mit sieben Buchstaben", las Erika. Ihre Stirn kräuselte sich. Sie dachte sofort an Mykonos und setzte den Stift an. Doch dann stockte sie, denn der dritte Buchstabe musste ein A sein. Nachdenklich blickte sie auf. Kopfschüttelnd goss sie sich eine Tasse Schwarztee ein, griff anschließend zu einem kleinen Fläschchen und fügte einen Schuss Weinbrand hinzu. Schon ihre Großmutter hatte stets gesagt: „Ein Schlückchen Weinbrand fördert die Durchblutung und hält Körper und Geist gesund." So gesagt, nahm sie einen großen Schluck und atmete tief ein und wieder aus. Schließlich lief sie zu einem großen Bücherregal hinüber, holte ihr Kreuzworträtsellexikon heraus und schlug wissbegierig nach. Nach wenigen Augenblicken hatte sie die Lösung parat: Es musste sich um die Insel Thassos handeln. Sie trug das Wort in das Kreuzworträtsel ein und legte das Heftchen beiseite. Stumm saß sie eine Weile in ihrem Ohrensessel.

Es war der Lieblingsplatz ihres Mannes Hermann gewesen, der vor einem Dreivierteljahr an einem Herzstillstand gestorben war. Zweiundvierzig Jahre waren sie verheiratet gewesen. Nun hatte sie seinen Platz eingenommen und saß hier, wie fast jeden Abend.

Er hatte ihr dieses große Haus hinterlassen, das sie nun alleine bewirtschaftete. Für ihre Kinder und Enkel hatten sie ursprünglich zwei kleine Einliegerwohnungen und ein kleines Zimmer mit separatem Eingang eingebaut. Doch kam es ganz anders als geplant. Ihre Tochter zog aus Bruchsal fort und hatte nun ihren Lebensmittelpunkt mit ihrer eigenen Familie in Ulm. Auch ihr Sohn wollte nicht in das Elternhaus einziehen. So hatten sie noch zu Lebzeiten ihres Mannes drei junge Leute ins Haus genommen und mit den Mieteinnahmen ihre Rente aufgebessert.

Sie saß da und träumte von der guten alten Zeit, in der ihre Kinder hier im Wohnzimmer umhertobten und ihr keine ruhige Minute gönnten. Ihr Blick schweifte über die zahlreichen Familienfotos, die an der gegenüberliegenden Wand hingen. Erinnerungen wurden wach. Sie lächelte liebevoll. Dann sah sie ihr Tagebuch, das sie nachdenklich in die Hand nahm. In den letzten drei Wochen hatte sie darin viel festgehalten. Mit einem Stift schrieb sie „Für Benjamin" darauf und legte es wieder behutsam auf den Tisch zurück.

Kurz zuckte sie zusammen. War es schon so weit? Sie nahm ihren kleinen Wecker in die Hand, den sie auf ein Beistelltischchen gestellt hatte und schaute auf die Anzeige. Erleichtert stellte sie ihn zurück. Die Wäsche würde erst in einer halben Stunde fertig sein.

Irgendwo im Haus wurde eine Tür zugeschlagen. Anschließend hörte sie Schritte. Sie blickte auf die Uhr: 20:28 Uhr war es. Es musste einer ihrer Untermieter gewesen sein, der am Abend das Haus verlassen wollte. Schnell eilte sie zur Tür und lugte durch den Spion. Marco und Esther hatten je eine kleine Wohnung in der zweiten und dritten Etage. Sie selbst wohnte im ersten Stockwerk. Unglücklicherweise konnte sie durch den Spion nicht sehen, um wen es sich handelte. Sie öffnete vorsichtig ihre Tür einen Spalt breit. Doch auch so konnte sie nicht sehen, wer die Treppen hinunterlief. Schnell eilte sie zum Esszimmerfenster. Sie schob die Gardine zur Seite und erblickte Esther, die aus der Tür trat und vor dem Haus stehen blieb. Diese wohnte ganz oben. „Du meine Güte", flüsterte Erika. Im fahlen Licht der Lampe, die an der Hauswand angebracht war, sah sie, dass Esther einen auffallenden, roten Hut trug, einen grünen Schal um den Hals geschwungen und wieder einmal zu viel Make-up aufgelegt hatte. „Sie schaut aus, als ob sie zu einem Maskenball gehen will, findest du nicht auch, Hermann?", sagte Erika belustigt. Esther trug immer viel zu viel Make-up. Es wirkte wie eine Maske, als ob sie dahinter etwas verstecken wollte. Dabei war sie so eine nette junge Frau. Sie hatte letztes Jahr ihre erste Stelle als Sportlehrerin an einer Realschule in Bretten angetreten. „Auf was wartet sie denn?", fragte sich Erika. Esther blieb vor der Haustür

7

stehen und steckte sich eine Zigarette an. Gleich darauf gesellte sich Marco zu ihr. Er war der Untermieter aus dem zweiten Stock. Ein junger Mann, der in einer Autowerkstatt als Mechatroniker arbeitete. Sie unterhielten sich. Worüber, konnte Erika leider nicht hören. Nachdem Esther aufgeraucht hatte, umarmten sie sich. Er stieg auf sein Fahrrad, sie in ihr Auto und beide fuhren davon.

Erika setzte sich wieder in ihren Ohrensessel. Sie wollte stets wissen, was sich in ihrem Haus zutrug. Als neugierig empfand sie sich natürlich nicht. Sie kümmerte sich liebevoll um alles und jeden und hatte schließlich ein Recht zu erfahren, was in ihrem Umfeld geschah.

Wieder schaute sie auf ihren Wecker. Nun war es so weit. Gleich würde die Wäsche fertig sein und sie könnte in den Keller gehen, um sie aufzuhängen. Sie tat dies in den kalten Wintermonaten im warmen Heizungskeller. Nachdem sie einen großen Schluck Tee mit Schuss getrunken hatte, nahm sie die Schlüssel und ging zur Wohnungstür. Erika war sehr sparsam, penibel und geizig und sparte, wo sie nur konnte. Sie hasste es, wenn die jungen Leute kopflos Energie verschwendeten. So schaltete sie kein Licht ein, sondern stieg im Dunkeln die Treppe hinunter bis zur Eingangstür. Dort öffnete sie ein kleines Kästchen, in dem der Schlüssel zur Kellertür hing. Sie ergriff ihn, schloss das Kästchen und tastete nach der Klinke und dem Schlüsselloch. Im Handumdrehen war die Tür offen. Vor ihr lag die lange, steile Kellertreppe. Gerade als sie ansetzte, diese hinunterzusteigen, stieß sie einen spitzen Schrei aus.

Die Trauergemeinde betrat nach und nach das Restaurant. Eine Kellnerin mit mitfühlendem Gesichtsausdruck führte sie in einen Nebenraum. Dort waren auf den Tischen Gedecke, Platten mit belegten Brötchen und trockenem Kuchen angerichtet.

„Den Kaffee bringe ich sofort", murmelte die Kellnerin mit gedämpfter Stimme und verließ die Gruppe.

„Vielen Dank", nickte Barbara. „Bitte, setzt euch!", deutete sie auf die knapp vierzig eingedeckten Plätze. Die Gruppe setzte sich. Die noch auf dem Friedhof bedrückte Stimmung war nun gewichen. Ausgelassen wurde gegessen und getrunken und die Gespräche kreisten nicht mehr um Trauer und Tod. Eine gewisse Erleichterung machte sich breit.

Benjamin betrat als letzter den Nebenraum. Er setzte sich zu seinen Eltern.

„Wo warst du so lange?", wollte Barbara wissen.

„Ich brauchte noch ein bisschen Zeit, um meine Gedanken zu sortieren." Er griff nach dem Kaffee und goss sich ein.

Barbara blickte ihn nachdenklich an. Benjamin hatte ein enges Verhältnis zu seiner Großmutter gehabt. Nicht, weil sie so viel Zeit miteinander verbracht hätten. Aber wenn sie sich sahen, verstanden sie sich gut. Erika hatte immer gesagt, Benjamin und sie seien Seelenverwandte gewesen. Nun hatte Benjamin keine Großeltern mehr. Und die Erfahrung, jemand Geliebtes zu verlieren, war für ihn sehr schmerzhaft. Barbara strich ihm über den Arm: „Natürlich, ich verstehe dich sehr gut."

Ungläubig blickte er zuerst sie an und dann in die Runde: „Wie könnt ihr alle so normal miteinander reden? Als ob nichts gewesen wäre? Ich verstehe das nicht! Schließlich war sie deine Mutter!"

„Schau, es ist traurig, dass sie nicht mehr da ist. Aber sie hatte doch ein schönes und erfülltes Leben. Daran musst du jetzt denken."

„Aber ist es nicht schrecklich, so plötzlich aus dem Leben gerissen zu werden? Ich meine, sie war noch nicht dran. Sie hätte nicht sterben müssen. Die Treppe hinunterzustürzen, das ist doch grausam!"

Barbara konnte darauf nichts sagen. Dass Erika die Treppe hinuntergestürzt war, war ein schrecklicher

Unfall gewesen. Sie musste das Gleichgewicht verloren haben. Unweigerlich dachte sie an Erikas Angewohnheit, regelmäßig Alkohol zu trinken. Vielleicht hatte sie an diesem verhängnisvollen Abend zu viel getrunken und deswegen das Gleichgewicht verloren?

„Ich muss hier raus!", stieß Benjamin aus und verließ den Raum. Barbara ließ ihn gehen und seufzte. Daraufhin setzte sich Paola, Barbaras Cousine zu ihr. Beide hatten sich monatelang nicht mehr gesprochen. Auf die Frage, was mit Benjamin sei, winkte Barbara ab. Er hing sehr an seiner Großmutter, erklärte sie.

„Ja, ich weiß. Sie mochten sich sehr. Wir alle mochten Erika. Obwohl sie nach Hermanns Tod etwas verwirrt schien. Sprach sie nicht andauernd mit ihm? Als ob er noch am Leben wäre?"

„Ja, das stimmt." Barbara nickte. „Aber nach so einer langen Ehe ist es schwierig, wenn man plötzlich alleine und niemand Vertrautes mehr da ist. Ich würde wahrscheinlich auch mit mir selbst reden." Beide lachten.

„Na ja, er wird sicher darüber hinwegkommen", urteilte Paola. Abrupt wechselte sie das Thema: „Was macht Benjamin jetzt, nachdem er mit seinem Abitur fertig ist?"

„Er macht gerade ein Freiwilliges Soziales Jahr in einem Kindergarten."

„Möchte er denn Erzieher werden?", fragte Paola entsetzt. „Er hat doch Abitur gemacht, da muss man doch studieren!"

„Müssen muss er gar nichts", stellte Barbara fest und erklärte, dass Benjamin noch nicht genau wisse, was er in seinem Leben arbeiten wolle. Er interessiere sich für viele Bereiche, eben auch für den Beruf des Erziehers, was überdies sehr ehrenwert sei.

„Vielleicht studiert er auch Kriminalistik", fuhr Barbara fort. „Davon hatte er letztes Jahr gesprochen. Das wäre allerdings die Option, die mir am wenigsten gefallen würde, das kannst du mir glauben!"

„Ich weiß nicht. Kriminalistik?", rümpfte Paola die Nase. „Das ist doch viel zu gefährlich!"

Barbara machte eine abwehrende Geste: „Ich werde mich da nicht einmischen. Er macht sowieso, was er will. Egal, was ich sage."

„Entschuldigen Sie bitte, Frau Bratschle, darf ich Sie für einen kurzen Moment sprechen?", unterbrach Erikas Untermieterin Esther das Gespräch.

„Aber natürlich, Frau Klong. Setzen Sie sich zu uns."

Paola stand auf und meinte, sie wolle sowieso noch mit jemand anderem sprechen und zeigte auf ihren freien Platz. Esther setzte sich unsicher.

„Es ist mir etwas unangenehm, jetzt beim Leichenschmaus das Thema anzusprechen. Aber Marco Dunz und mich interessiert, was nun mit uns geschieht? Jetzt, da Frau Hummele gestorben ist."

„Sie meinen, ob und wann sie ausziehen müssen?"

„Ganz Recht. Wir müssen wissen, ob wir uns gleich nach etwas anderem umsehen müssen oder noch Zeit haben."

Barbara sah zu ihrem Bruder Moritz hinüber. Sie hatten noch nicht über das Haus und dessen Untermieter gesprochen. Aber sie war sich sicher. So schnell würden sie das Haus nicht verkaufen wollen. „Sehen Sie, Sie müssen noch nicht gleich ausziehen. Wir müssen erst einmal entscheiden, was überhaupt mit dem Haus geschehen soll. Das wird noch eine Weile dauern. Wir werden Ihnen frühzeitig Bescheid geben und uns bestimmt einig werden."

Beruhigt nickte Esther. „Ich danke Ihnen." Demütig stand sie auf, nickte Marco zu und beide verließen den Leichenschmaus.

Vor dem Restaurant saß Benjamin auf einem Geländer. Als er die beiden herauskommen sah, stieg er hinunter und sprach sie an. „Entschuldigt bitte!"

Esther und Marco blieben stehen und sahen ihn an. „Ja?", fragte Marco.

„Es ist mir sehr unangenehm, aber mich beschäftigt das schon, seit ich von dem schrecklichen Unfall gehört habe. Du ... du hast meine Oma doch gefunden ...?"

Marco nickte. „Ja, am nächsten Morgen. Ich wollte in den Keller gehen, da lag sie. Am unteren Ende der Treppe. Ich sah gleich, dass etwas Schlimmes geschehen sein musste, so wie ihre Arme und Beine verdreht waren."

Benjamin schluckte.

„Sie hatte sich beim Sturz das Genick gebrochen, meinte der Arzt. Wahrscheinlich noch mehr. Schreckliche Sache. Vermutlich ging es ganz schnell und sie musste nicht leiden."

„Ja. Ich danke dir."

Marco nickte Esther zu und drehte sich zum Gehen, als Benjamin nachhakte: „Die Polizei war da, oder? Meine Mutter erzählt mir nicht viel, wisst ihr. Was haben sie gesagt?"

Marco blickte Esther an: „Nichts. Es war ein Unfall."
Nach einer kurzen Pause fügte er hinzu: „Sie fragten, wo
ich gewesen bin, als Frau Hummele die Treppe
hinuntergestürzt ist. Niemand war im Haus. Stimmt
doch, Esther?"

„Ja, das stimmt", pflichtete Esther bei.

Benjamin dachte nach. „Ich danke euch", meinte er
kleinlaut.

„Klar, gerne", sagte Marco. „Sie war schon etwas
tollpatschig und etwas besonders. Wahrscheinlich hat sie
sich vertreten. So etwas kommt vor."

Die beiden wendeten sich von Benjamin ab, stiegen in
Esthers Auto ein und fuhren davon.

Benjamin blickte ihnen noch lange nach. Dann setzte er
sich wieder auf das Geländer und wartete, bis der
Leichenschmaus beendet war.


2


Die Wohngegend, in der sich Erikas Haus befand, war
sehr ruhig und gepflegt. Mehrfamilienhäuser mit
aufgeräumten Gärten und sauberen Fassaden prägten
das Erscheinungsbild. Viele ältere Menschen wohnten

hier, deren Kinder bereits ausgezogen waren und sich ein eigenes Leben eingerichtet hatten.

Nachdem Benjamin mit seinen Eltern den Weiherberg hochgefahren und vor dem Haus geparkt hatte, wurde er plötzlich sehr traurig. Sie wollten gemeinsam die Wohnung durchsuchen und wertvolle Möbel mit Aufklebern markieren oder persönlich wichtige Dinge mitnehmen, bevor eine Entrümpelungsfirma kam und alles Übrige entsorgen sollte. Er fühlte sich jedoch nicht imstande dazu. Wie konnte er sich entscheiden, was er von seiner Großmutter behalten wollte?

Sein Vater Stefan schloss die Tür auf und die drei stiegen die Treppe in den ersten Stock hinauf. Zuerst öffnete Barbara die Fenster, denn die warme Heizungsluft war muffig und abgestanden. Zielstrebig durchliefen Barbara und Stefan die Zimmer, um wertvolle Möbelstücke zu markieren. Hier und da kam ein Aufkleber darauf. Benjamin stand eher im Weg, als dass er hilfreich war. Für ihn war diese ganze Situation surreal. Seine Großmutter würde jeden Moment durch die Tür kommen und mit ihnen sprechen können, so kam es ihm vor. Für ihn war sie in jedem Raum spürbar. Es sah alles so normal aus. Gar nicht, als ob hier und jetzt ein Abschied stattfände und ihr Hab und Gut entsorgt würde.

Er schaute die Bilder an der Wohnzimmerwand an. Darauf war er als kleiner Junge abgebildet, wie er auf dem Schoss seiner Großmutter saß. Er lächelte. Dieses Bild nahm er von der Wand und steckte es in seinen Rucksack.

„Sieh' mal, Stefan, hier ist der Schmuck!", rief Barbara aus dem Schlafzimmer. Stefan eilte zu ihr. Benjamin setzte sich ins Wohnzimmer in den Ohrensessel, den seine Großmutter so gerne gehabt hatte.

„Und hier in diesem Ordner sind ihre gesammelten Unterlagen", hörte er Stefan sagen. „Alles akribisch aufgelistet! Sie war ein Schatz. Das wird uns vieles erleichtern!"

Benjamin schloss für einen Moment die Augen. Im Gegensatz zur Geschäftigkeit seiner Eltern wurde er ganz ruhig. Stumm saß er da. Alles Rascheln und Klappern der Kisten, Ordner und Papiere sowie das Gerede seiner Eltern traten in den Hintergrund. Er öffnete seine Augen wieder und ließ seinen Blick schweifen. Neben dem Ohrensessel stand auf dem kleinen Tisch Erikas silbernes, kleines Fläschchen, über das er schon so viele Geschichten gehört hatte. Er nahm es in die Hand, öffnete es und roch daran. „Puh", sagte er und kniff die Augen zusammen, denn es war hochprozentiger Alkohol darin. Großmutter hatte regelmäßig daraus getrunken, das wusste jeder in der

Familie. Immer wenn sie aufgeregt gewesen war, nahm sie einen großen Schluck. Benjamin musste schmunzeln. Er stellte es wieder zurück auf den Tisch.

Daneben lag ein kleines Heftchen mit einem hellbraunen ledernen Einband. Er nahm es in die Hand und strich über die weiche Oberfläche. Da sah er, dass auf dem Etikett sein Name geschrieben stand. „Für Benjamin", las er. Er hielt einen Moment inne. Sollte seine Großmutter für ihn etwas geschrieben haben? Eine persönliche Nachricht? Ungläubig öffnete er die erste Seite. Tatsächlich richtete sich der handgeschriebene Text direkt an ihn. Er las: „Lieber Benjamin, ich bin so froh, dass es dich gibt. Wir hatten schon immer eine besondere Verbindung, du und ich. So muss ich dir schreiben, was in den letzten Wochen hier bei mir vorgefallen ist. Ich denke, es wird dich interessieren. Und nur du wirst es zu schätzen wissen und etwas damit anfangen können."

Benjamin blickte auf und dachte einen Moment nach. Dann schloss er das Tagebuch. Seine Großmutter hatte ihm etwas Persönliches hinterlassen, das nur für ihn bestimmt war. Stolz stand er auf und lief ins Schlafzimmer hinüber, in dem seine Eltern über Akten gebeugt diskutierten.

„Ich habe etwas gefunden, das ich gerne behalten möchte." Er hielt seinen Eltern das Heftchen entgegen, so dass sie die Aufschrift „Für Benjamin" lesen konnten.

Barbara sah ihren Mann erstaunt an. „Was konnte sie denn Wichtiges aufgeschrieben haben?" Sie nahm das Heftchen in die Hand und blätterte es durch.

Stefan zuckte mit den Schultern. „Vielleicht hat sie etwas über sich und Hermann aufgeschrieben, damit wir ihre Geschichte nicht vergessen."

„Möglich", Benjamin nahm das Heftchen wieder an sich. „Ich werde es euch vielleicht berichten, wenn es nicht zu persönlich ist."

„Gut, mach' das", nickte Barbara leichtfertig und forstete mit Stefan weiter die Unterlagen ihrer Mutter durch.

„Ich bin dann schon unten im Auto", sagte Benjamin. Da keine Antwort kam, drehte er sich um, schaute sich alles genau an, so als ob er die Wohnung, den Geruch seiner Großmutter und alles noch einmal, ein letztes Mal bewusst wahrnehmen wollte und verließ die Wohnung.

Stumm setzte er sich in sein Auto. Er wollte einfach seine Ruhe haben. Die Situation überforderte ihn. So saß er etwa eineinhalb Stunden da, bis seine Eltern aus dem Haus kamen. In dem Heftchen hatte er nicht weitergelesen. Das wollte er in Ruhe zu Hause tun. Die Stimmung seiner Eltern war gut. Es gab offenbar Barvermögen, einige Bausparverträge und das Haus sollte auch einiges wert sein. Benjamin wurde schlecht. Was blieb vom Leben seiner Großmutter übrig, fragte er sich.

Benjamin zog sich nach dem Abendessen in sein Zimmer zurück. Während des Freiwilligen Sozialen Jahres im Kindergarten wollte er noch zu Hause wohnen bleiben und erst dann zum Studium oder zur Ausbildung etwas Eigenes suchen. Sein Elternhaus befand sich in einer dicht bebauten, gut bürgerlichen Siedlung in Ulm.

Er hatte sich eine Flasche Cola und ein Bier mit in sein Zimmer genommen. Er liebte den Geschmack des Cola-Bieres. Tief atmete er noch einmal durch, bevor er langsam das Heftchen öffnete und nochmals von Anfang an las: „Lieber Benjamin, ich bin so froh, dass es dich gibt. Wir hatten schon immer eine besondere Verbindung, du und ich. So muss ich dir schreiben, was in den letzten Wochen hier bei mir vorgefallen ist. Ich denke, es wird dich interessieren. Und nur du wirst es zu schätzen wissen und etwas damit anfangen können. Ich weiß nicht, wie gefährlich das alles ist. Aber du wirst vielleicht eigene Schlüsse daraus ziehen und mir mit deinem kriminalistischen Gespür weiterhelfen können."

Benjamin blickte erschrocken auf. Sollte seine Großmutter in etwas Gefährliches hineingeraten sein? Was sollte das bedeuten? Er schluckte und setzte sich aufrecht hin.

„Vielleicht fragst du dich, warum ich dich nicht einfach anrufe und dir alles am Telefon erzähle. Das ist sicherlich eine berechtigte Frage. Aber ich will dich zunächst nicht mit meiner Geschichte belasten. Nicht, bevor ich Klarheit habe. Und ich brauche das Zusammenfassen, um all die Vorkommnisse zu sortieren. Ich schreibe dir, damit ich auch nichts vergesse, keine Einzelheit, um später nochmals nachschlagen zu können, um meine Gedankengänge zu überprüfen.

Also, wo fange ich am besten an?" Benjamin vertiefte sich weiter in den Text. „Wie weit soll ich zurückgehen, damit du im Bilde bist und die Zusammenhänge verstehst?

Vor etwa fünf Jahren hatten dein Opa Hermann und ich die Idee, Untermieter ins Haus zu nehmen. Wir waren alleine und etwas Gesellschaft und auch eine gewisse finanzielle Unterstützung wären schön, dachten wir. Da klar war, dass unsere Kinder und auch du, lieber Benjamin, niemals hier einziehen würden, begaben wir uns auf die Suche. Wir gaben eine Anzeige in der Zeitung auf. Es meldeten sich nicht so viele Bewerber.

Aber dennoch konnten wir drei anständige junge Leute ausfindig machen.

Marco Dunz war der erste, den wir aufnahmen, er war gerade fertig geworden mit seiner Ausbildung zum Mechatroniker und hatte eine junge, sehr nette Freundin. Beide zogen schließlich über uns in die zweite Etage ein. Nun ja, irgendwann, vielleicht ein halbes Jahr nach ihrem Einzug, trennten sie sich und sie zog aus. Schade drum, dachte ich. Seitdem lebt er alleine in der Wohnung. Eine andere Frau habe ich bei ihm nie gesehen. Aber er ist ja mit seinen dreiundzwanzig Jahren noch recht jung. Hin und wieder begegnen wir uns im Treppenhaus.

Esther Klong, die zweite, die wir aufgenommen hatten, ist eine junge Sportlehrerin. Sie ist achtundzwanzig oder neunundzwanzig Jahre alt. Sie war immer sehr freundlich uns gegenüber und, als Hermann vor einem knappen Dreivierteljahr gestorben war, war sie sehr lieb zu mir. Sie und Marco Dunz verstehen sich gut. Oft stehen sie vor dem Haus und reden miteinander. Einen Freund hat sie noch nicht mitgebracht.

Der dritte und für mich Wichtigste im Bund ist Nils Hansmann. Er wuchs im Waisenhaus auf und hat keine Familie. In einem Internat in Bayern ging er zur Schule. Soweit ich weiß, hatte er eine Ausbildung zum Landschaftsgärtner angefangen, jedoch nicht zu Ende gebracht. Er hatte praktisch nichts, außer die staatliche Unterstützung. Als wir von seinen Lebensumständen hörten, wollten wir ihm unbedingt helfen. Die Miete war durch das Sozialamt gesichert. So zog er schließlich in das kleine Zimmer im Parterre ein.

Bei uns im Haus ist immer ein reges Kommen und Gehen. Ich bekomme immer mit, wenn jemand das Haus verlässt oder Besuch hat. Vor etwa vier Wochen fiel mir das erste Mal auf, dass ich Nils schon lange nicht mehr gesehen hatte. Normalerweise hätte er sein Zimmer einmal verlassen haben müssen. Mir wäre das nicht entgangen. Eines Tages, ich erinnere mich genau, hörte ich, wie jemand die Treppe hinunterstieg. Ich eilte zur Tür und traf Esther im Treppenhaus. Als ich sie nach Nils fragte, sagte sie: ‚Ich habe ihn lange nicht gesehen. Komisch oder? Vielleicht hat er jemanden kennengelernt und verbringt dort seine Zeit?'

Daran glaubte ich keine Minute. Nils hatte noch nie Frauenbesuch erhalten. Ich beließ es zunächst dabei. Als ich dann in der darauffolgenden Woche immer noch nichts von ihm gehört hatte, klopfte ich schließlich an seine Tür. Ich klopfte und rief, doch es war niemand da. Dann tat ich, was ich normalerweise nie tun würde. Ich öffnete mit einem Zweitschlüssel dessen Zimmertür. ‚Nils?', rief ich, bevor ich eintrat. Aber ich hörte nichts. So ging ich hinein. Das Zimmer war leer. Eine

Unordnung war das! Geschirr stand auf der Arbeitsfläche der kleinen Kitchenette. Seine Kleider lagen auf dem Boden und das Bett war nicht gemacht. Auf dem Klapptisch lagen allerhand Papiere. Ich nahm einen Brief in die Hand. Er war von einem Inkassounternehmen. Mindestens zehn weitere Briefe verschiedener Kreditinstitute lagen ungeöffnet daneben. Ich legte natürlich alles wieder an Ort und Stelle. Es schien nicht so, als ob Nils absichtlich gegangen wäre und vorgehabt hätte, nicht wieder zurück zu kehren. Mit einem mulmigen Gefühl verließ ich schließlich sein Zimmer und schloss die Tür ab.

In der dritten Woche, in der ich von ihm nichts gehört hatte, machte ich mir große Sorgen. Ich klingelte bei Esther und fragte, was ich tun könne. Natürlich erzählte ich nicht, dass ich bereits in seinem Zimmer gewesen war. Im Gespräch mit ihr kam mir eine gute Idee. Ich wollte bei der Polizei eine Vermisstenanzeige aufgeben. Esther meinte, ich solle mir keine Sorgen machen, Nils würde bestimmt bald zurückkommen, und riet mir davon ab. Am Nachmittag konnte ich mich jedoch nicht zurückhalten und fuhr trotzdem zur Polizei.

Ein Polizeibeamter nahm meine Vermisstenanzeige auf. Nils war um die dreißig Jahre alt, hatte ein markantes, hübsches Gesicht und war groß und schlank. Ich hoffte so sehr, dass wir ihn finden würden.

Drei Tage später bekam ich einen Anruf von der Polizei. Ich sollte kommen und eine Wasserleiche identifizieren, auf die meine Beschreibung passen würde. Mir war ganz sonderbar zumute. Als ich dort in Karlsruhe ankam, wurden zuerst meine Personalien aufgenommen. Dann musste ich mit zwei Beamten in einen Kühlraum gehen, wo aus einem Schubfach eine in einem Sack liegende Leiche herausgeschoben wurde. Mir wurde schlecht, denn der Anblick war furchtbar. Aber unverkennbar lag dort Nils. Er war entstellt, aufgedunsen, fahl, aber dennoch war er es. Ich musste sofort anfangen zu weinen. Ich habe schon viel erlebt in meinem Leben, aber so etwas noch nie!

Einer der beiden Polizisten erklärte mir, dass die Leiche vor drei Wochen im Rhein angespült wurde. Er hatte keine Papiere dabei, sagten sie. Sein Geldbeutel war offenbar im Wasser aus der Jacke gespült worden. Sie wussten nicht, wer er war. Da ihn niemand vermisste, hatten sie keine Anhaltspunkte. Einzig meine Anzeige führte schließlich zur Identifikation.

Äußere Gewaltanzeichen gab es keine. Sie vermuteten, dass er selbst ins Wasser gegangen sei. Allerlei Fragen zu seiner Person und seinen Lebensumständen musste ich beantworten. Ob er labil gewesen war oder depressiv. Da ich nicht so viel mit Nils zu tun gehabt hatte, konnte ich keine zufriedenstellenden Antworten geben.

Anschließend begleiteten sie mich nach Hause. Sie wollten sich in Nils Zimmer umsehen. Ich schloss es ihnen also auf und musste die Polizisten alleine lassen. Sie sagten mir nicht, was sie herausgefunden hatten, aber da es kein Verfahren oder dergleichen gab, bis heute nicht, gehe ich davon aus, dass sie dachten, es war ein Suizid.

Ich weiß nicht, ob ich dem Glauben schenken möchte. Ich kann es mir jedenfalls bis heute nicht vorstellen, dass Nils Selbstmord begangen hatte. Er war ein armer, junger Mann gewesen, der im Leben nicht viel Glück gehabt hatte. Aber trotzdem war er stets lebensfroh gewesen. Von möglichen Depressionen war mir nichts aufgefallen.

Nun gut. Es dauerte drei Tage, bis ich mich ein weiteres Mal traute, in sein Zimmer zu gehen. Die Papiere, die auf dem Tisch gelegen hatten, waren nicht mehr da. Die hatte offenbar die Polizei mitgenommen. Vielleicht dachten sie, dass Nils aus Geldsorgen Selbstmord begangen hatte? Aber wie konnte Nils überhaupt in seiner Situation an Kredite gekommen sein? Kredite bekommt man doch nicht so einfach? Aber das ist nur eine Vermutung, denn in Geldangelegenheiten kenne ich mich nicht so gut aus.

Ich schaute mich in seinem Zimmer um. Ich musste es ja schließlich ausräumen, säubern und wieder herrichten für einen neuen Untermieter. Zuerst öffnete ich seinen Kleiderschrank. Neben den wenigen schlichten Kleidungsstücken, die ich von ihm kannte, hingen mehrere wunderschöne und teure Hemden und Anzüge darin. Ich stutzte. Wie kam Nils, der selbst über kein Einkommen verfügte, an solche Dinge? Versace, Gucci und Prada waren die Marken, die ich dort erblickte. Geschmackvolle Krawatten und Fliegen rundeten die Sammlung ab. Ich musste mich erst einmal setzten und darüber nachdenken. Ich hatte ihn nie in solch einer Garderobe gesehen. Hatte er Kredite aufgenommen, um sich teure Kleidung zu kaufen? Aber warum sollte er das getan haben?

Es half nichts, ich musste ja sein Hab und Gut entsorgen. Also machte ich mich ans Werk. Zuerst legte ich seine Anzüge behutsam zusammen. Geschmack hatte er ja besessen, dachte ich. Fünf verschiedene waren es gewesen. Einer moderner und schicker als der andere. Anschließend nahm ich seine Hemden heraus, um sie zusammenzulegen. In einem der Hemden raschelte etwas. Ich fand in der Brusttasche einen Zettel, den ich herausnahm. Darauf war ein Name geschrieben: ‚Elisabeth von Rückert'. Den Namen hatte ich noch nie gehört. Ich legte den Zettel auf den Klapptisch und machte mich daran, alles in Säcke zu verpacken. Als ich damit fertig war, setzte ich mich einen Augenblick auf sein Bett. Dann nahm ich den Zettel wieder in die Hand. Elisabeth von Rückert war offenbar eine Bekannte von ihm. Oder eine Frau, die er kennengelernt hatte und deren Namen er sich merken wollte.

Kopfschüttelnd steckte ich den Zettel ein. Es genügte mir für diesen Moment. Die Kleidersäcke ließ ich erst einmal stehen. Ich verließ das Zimmer und klingelte umgehend bei Esther.

Ich erzählte ihr von der Identifikation bei der Polizei. Sie war bestürzt. Mit allem hatte sie gerechnet, aber nicht damit, dass er Selbstmord begangen haben könnte. Auf die Frage, ob sie ihn als depressiv empfunden hatte, antwortete sie entschieden mit: ‚Nein'.

Ich schilderte ihr meine Entdeckung seiner Garderobe und dass ich mir darauf keinen Reim machen konnte. Auch den Namen Elisabeth von Rückert hatte sie noch nie gehört. ‚Stille Wasser sind tief', meinte Esther. ‚Wer weiß, was der alles so gemacht hat. Man glaubt man kennt jemanden und dann offenbaren sich solche Geheimnisse.'

Dem konnte ich nur beipflichten."

3

„Am darauffolgenden Tag konnte ich an nichts anderes denken als an den Zettel mit dem Namen, den ich bei ihm gefunden hatte. Ich weiß nicht warum, aber irgendwie glaubte ich wohl, dass es meine Pflicht war herauszufinden, was tatsächlich mit Nils geschehen war. Jedenfalls wollte ich wissen, wer diese Elisabeth von Rückert war. Vielleicht konnte sie Auskunft über Nils geben, wer er wirklich gewesen war? Doch wie sollte ich es anstellen?

Ich weiß, dass man im Internet Leute suchen und ausfindig machen kann. Ich selbst besitze keinen Computer und kenne mich in solchen Dingen nicht aus. Es war Samstag, ich wusste, dass Marco zu Hause sein musste. Also stieg ich die Treppe zu ihm hinauf und wenige Augenblicke später saß ich mit ihm zusammen an seinem Küchentisch. Er tippte den Namen in seinen Computer ein. Er fand tatsächlich etwas heraus. Elisabeth von Rückert war die Witwe von Gottfried von Rückert. Dieser war der Gründer der Baseler Schokoladenmanufaktur Rückert. Sie war Ehrenmitglied verschiedener Stiftungen, die sich um das Wohl von Kindern kümmerten. Wahrscheinlich war sie eine wohlhabende Frau, mutmaßte ich. Umso unglaublicher war es, dass Nils mit ihr Kontakt gehabt haben solle. Eine Telefonnummer oder Adresse war im Internet nicht ausfindig zu machen.

Natürlich musste ich Marco erklären, warum ich mich für sie interessierte. Er war ebenso überrascht und konnte sich keinen Reim darauf machen. Ich solle nicht so neugierig sein, sagte er, und auf mich aufpassen."

Benjamin konnte nicht glauben, was er las. Er hoffte, dass sich seine Großmutter nicht wirklich als Detektivin betätigen wollte. Das wäre sehr unvernünftig gewesen! Sie hätte zur Polizei gehen müssen mit ihren Vermutungen. Oder sich an ihn wenden! Sie glaubte offenbar, dass etwas nicht mit rechten Dingen zugegangen war. Vielleicht hatte sie Recht, aber das konnte sie doch nicht alleine herausfinden! Er nahm einen großen Schluck Cola-Bier. Dann las er mit einem mulmigen Gefühl weiter: „Ich bedankte mich bei Marco und beteuerte, dass er sich keine Sorgen machen brauchte. Ich würde es dabei belassen. Das tat ich auch. Ich legte den Zettel mit dem Namen auf den Tisch und begann mit meiner Hausarbeit.

Es war spät am Abend, als ich auf der Zettelrückseite einen Teil eines kleinen gedruckten Briefkopfs entdeckte. Das Papier stammte offenbar von einem offiziellen Briefblock. Ich las: ‚Club La Rose Ba…' der Rest war unvollständig. Nils hatte irgendwo einen Zettel abgerissen, um sich den Namen zu notieren."

Da seine Großmutter einen Absatz gemacht hatte, legte Benjamin das Heftchen zur Seite. Es war ihm klar, dass sie ihre Ausführungen ihm hinterlassen hatte. Ihm, der eventuell Kriminalistik studieren wollte und ein Faible für Geheimnisse und Rätsel hatte. Wenn sie sich sahen, das war leider viel zu selten gewesen, erzählten sie sich immer unglaubliche Geschichten. Eine großartige Geschichtenerzählerin war sie gewesen. Er holte sich aus der Küche etwas zu Essen und setzte sich auf sein Bett, um weiter zu lesen:

„Lieber Benjamin, dies waren meine Schilderungen der letzten Wochen. Ich versuchte, mich so gut es ging an alle Einzelheiten zu erinnern und es so wahrheitsgetreu wie möglich aufzuschreiben. Ab jetzt werde ich dir täglich berichten, wie sich die Geschehnisse weiterentwickeln.

Heute ist Sonntag. Gestern bin ich früh zu Bett gegangen. Aber ich konnte nicht gut schlafen. Immerzu habe ich an den Zettel und den Club La Rose gedacht. Ich werde nochmals zu Marco gehen müssen, um zu erfahren, was es mit dem Club auf sich hat. Ich hoffe, später werde ich mehr wissen.

Marco war nicht sehr erfreut darüber, dass ich mich immer noch mit dem Namen und dem Zettel beschäftigte. Aber er war so nett, mit seinem Computer die nötigen Informationen herauszufinden, die ich wissen wollte. Also: Es gibt tatsächlich einen Club La Rose. Dieser befindet sich in Baden-Baden. In diesem Club logieren meist reiche Leute. So tat oder tut es wahrscheinlich auch diese Elisabeth von Rückert. Man kann dort übernachten, wie in einem Hotel oder einfach so zum Essen oder Trinken hingehen. Ob diese Frau von Rückert regelmäßig dort verkehrt, das weiß ich nicht. Ich weiß auch nicht, ob ich wirklich diesen Schritt gehen werde, aber ich fände es spannend, mir diesen Club einmal anzuschauen. Morgen werde ich darüber entscheiden."

Benjamin hauchte ein leises: „Nein, bitte nicht!" Wie unvorsichtig war seine Großmutter gewesen? Es war für ihn unerträglich ihre Worte zu lesen und zu ahnen, wie ihre Geschichte weiterging. Sorgenvoll legte er das Heftchen beiseite.

Es klopfte an seiner Zimmertür. Daraufhin streckte seine Mutter ihren Kopf durch den Türspalt: „Geht's dir gut? Darf ich hineinkommen?"

Er deutete auf den Schreibtischstuhl ihm gegenüber. „Du warst den ganzen Abend in deinem Zimmer. Hast du denn etwas gegessen?"

Stumm zeigte er auf den leeren Teller neben ihm. Da sah sie das Heftchen und fragte: „Du hast angefangen darin zu lesen? Darf ich erfahren, was dir Oma geschrieben hat?"

Benjamin zögerte. Es wusste nicht, ob er seiner Mutter etwas davon erzählen wollte. Ausweichend gab er an: „Oma beschreibt ihren Alltag. Was sie erlebt hatte und was ihr durch den Kopf ging."

„Hast du etwas über deine Oma erfahren können, was du zuvor nicht wusstest?"

Benjamin nickte. „Ja, das habe ich. Vielleicht erzähle ich dir ein anderes Mal mehr davon. Im Moment ist es zu persönlich."

„Ich verstehe. Dann lasse ich dich wieder allein." Sie stand auf, strich ihm über den Kopf und verließ das Zimmer.

Benjamin entschied, an diesem Abend nicht weiter zu lesen. Er legte das Tagebuch zur Seite, machte sich bettfertig und löschte das Licht.

Als am nächsten Morgen um sechs Uhr der Wecker klingelte, hatte er das Gefühl, nicht wirklich geschlafen zu haben. Seine Glieder taten ihm weh und er hatte Kopfschmerzen. Bis in die frühen Morgenstunden war er immer wieder aufgewacht, hatte sich im Bett herumgewälzt und keine Ruhe gefunden. Er entschied, heute nicht in den Kindergarten zu gehen und sich krank zu melden. Langsam stand er auf, zog sich seinen Jogginganzug an und schlurfte in die Küche. Dort saßen seine Eltern schon beim Frühstück. Die gute Laune seiner Eltern ging ihm auf die Nerven.

„Du siehst aber noch müde aus!", bemerkte Barbara. „Komm, ich schenk' dir eine Tasse Kaffee ein."

Benjamin grunzte. Er nahm die Tasse Kaffee entgegen. „Ich werde mich krankmelden. Mir geht's nicht so gut heute." Er rieb sich das Gesicht und setzte sich langsam auf einen Küchenstuhl.

Barbara und Stefan sahen sich an. Anschließend nickte Stefan beiläufig und sagte: „Ok, mach' das. Ruhe dich ein bisschen aus." Er trank seine Tasse aus, stand auf, packte seine Tasche und sagte: „Bis heute Abend. Ich bin dann weg!"

„Brauchst du etwas?", fragte Barbara Benjamin sorgenvoll, als sie alleine waren.

Benjamin verneinte. „Ich brauche einfach nur ein bisschen Ruhe. Mehr nicht."

Barbara nickte. Dass er wirklich krank war, bezweifelte sie. Was in ihm vorging, wusste sie nicht. Ihn beschäftigte etwas, das spürte sie, und er brauchte offenbar Zeit für sich. Sie stand auf, räumte das Geschirr in die Spülmaschine und ließ Benjamin allein, um sich fertig zu machen. Sie hatte noch eine halbe Stunde Zeit, bevor auch sie zur Arbeit gehen musste.

Benjamin war erleichtert. Er musste nur noch beim Kindergarten anrufen und dann war er frei.

Nachdem auch seine Mutter das Haus verlassen hatte, legte er sich auf die Couch im Wohnzimmer und starrte an die Decke. Er dachte an seine Großmutter und an deren Untermieter Nils. War er tatsächlich selbst ins Wasser gegangen? Wie konnte sie geglaubt haben, auf eigene Faust etwas herausfinden zu können? Immer wieder schüttelte er den Kopf. Dann stand er auf, lief in sein Zimmer und legte sich mit dem Tagebuch auf sein Bett. Er hatte nun den ganzen Tag Ruhe und genug Zeit, sich in die Erzählung zu vertiefen:

„Heute ist Montag. Ich habe die ganze Nacht darüber nachgedacht und mich entschieden, tatsächlich den Club La Rose aufzusuchen. Ich werde mit dem Zug nach Baden-Baden fahren und dort ein Taxi nehmen. Dank Marco habe ich ja die genaue Adresse. Natürlich werde ich mich dort nicht mit meinem eigenen Namen vorstellen, das wäre ja dumm! Ich werde mich nach meiner Großmutter benennen: ‚Josephine Holst‘. Das ist sicherer und niemand wird herausfinden, wer ich wirklich bin. Lieber Benjamin, ich bin ja so aufgeregt!

Heute Abend werde ich berichten, was ich in Erfahrung gebracht habe."

Benjamin schluckte. Sie tat es also wirklich! Gebannt las er weiter:

„Es ist jetzt kurz nach 18 Uhr. Eben bin ich aus Baden-Baden zurückgekommen. Es war aufregend! Aber ganz von vorne: Ich zog heute Vormittag mein feinstes Kostüm an und legte etwas Schminke auf. Ich musste ja den Eindruck erwecken, ich sei eine vornehme ältere Dame. Dann fuhr ich mit dem Taxi zum Bahnhof Bruchsal, anschließend mit dem Zug nach Baden-Baden und wiederum mit dem Taxi in ein nobles Viertel, wo ich schließlich vor dem Club La Rose ankam. Ich musste erst einmal einen Schluck Medizin nehmen! Zum Entspannen, weißt du? So aufgeregt war ich! Danach trat ich durch eine gläserne Tür und stand in einem großen, modernen Saal. An den Wänden waren abstrakte Gemälde und große, golden eingerahmte Spiegel angebracht. Mondäne Leuchter hingen von der hohen Decke. Auf der einen Seite gab es eine schicke Bar mit einem südländisch aussehenden Mann dahinter, der emsig Gläser polierte. Zum Verweilen luden moderne weiße Ledersofas ein und Tische mit Designerstühlen.

Da stand ich nun. Hier und da saßen vornehme Leute, die etwas tranken und sich unterhielten.

Da kam ein stattlicher Mann durch eine der Türen in den Saal. Er hatte einen feinen Anzug an, grau melierte Haare und war etwa um die sechzig Jahre alt. Mit Elan und einer sonoren Stimme bestellte er einen Whisky, den der Bedienstete hinter der Bar sogleich einschenkte. Danach schnappte er sich eine Zeitung und setzte sich an einen der Tische.

Ich dachte, ich tue es ihm gleich. Ging zur Bar, bestellte so selbstbewusst wie ich nur konnte einen Kaffee und setzte mich zwei Tische weiter, neben den feinen Herrn. Meinen Mantel legte ich gekonnt über eine der Stuhllehnen. So saß ich da und hielt nach der gesuchten Elisabeth von Rückert Ausschau. Wie ich anstellen sollte, diese kennen zu lernen, das wusste ich noch nicht. Ich schaute mir jede Frau in der Halle genau an. Aber diese waren viel zu jung, um eine Witwe zu sein, dachte ich mir. In meiner Vorstellung war Elisabeth von Rückert eine Dame mittleren Alters, vielleicht auch eine ältere Dame meines Alters.

Da saß ich nun. Nicht wissend, wie ich mich verhalten sollte. Wie gut, dass ich mein silbernes Fläschchen immer bei mir trage, dachte ich mir. Ich nahm wohl einen Schluck zu viel von meiner Medizin, sodass ich etwas aufstoßen musste. Da hörte ich, wie der feine Herr zu meiner Linken mir ein belustigtes: ‚Wohl bekomm´s‘ hinüberrief. Erschrocken wendete ich mich ihm zu und entschuldigte mich für mein nicht damenhaftes Benehmen. Er winkte ab, stand auf und kam zu mir an den Tisch. ‚Dürfte ich mich setzen‘, fragte er. Ich nickte stumm. Etwas verlegen begann er dann das Gespräch und erkundigte sich, ob ich zum ersten Mal hier sei, denn er habe mich hier noch nie gesehen. Ich bejahte sofort und musste mir eine einleuchtende Erklärung einfallen lassen. Ich bezog mich auf eine entfernte Freundin, die mir diesen Club empfohlen hatte. Den Namen Emma Brutzel erfand ich kurzerhand. Natürlich hatte er noch nie von ihr gehört.

Der Kaffee wurde serviert, das gab mir etwas Zeit, meine Gedanken zu sortieren. Ich erfand die Geschichte, dass Emma mir riet, mich mit Elisabeth von Rückert ins Vernehmen zu setzen. Sie hätten sich einst auf einer Urlaubsreise kennen gelernt und sie sei eine sehr entzückende Frau. Falls ich einmal in Baden-Baden sei, solle ich mich mit Frau von Rückert treffen und Grüße von ihr ausrichten.

Ich weiß nicht, ob ich es richtig wahrgenommen habe. Aber mir schien, der fremde Herr hatte einen sonderbaren Gesichtsausdruck bekommen, als ich den Namen Elisabeth von Rückert erwähnte. Er nickte und bestätigte mir, dass Frau von Rückert eine bemerkenswerte Dame sei.

Ich schluckte. Diese Frau von Rückert war also tatsächlich eine Dame, die hier logierte. Ich bat den Fremden, sich mir vorzustellen. Altmodisch stand er auf und erklärte, Kirk Summer zu heißen. Ich gab in Folge dessen meinen falschen Namen Josephine Holst an. Wir reichten uns die Hände und gleich wurde alles etwas persönlicher. Herr Summer kam aus Amerika, genauer gesagt aus der Stadt Chicago und war damit beschäftigt, alte Villen und Häuser in Baden-Baden aufzukaufen, diese aufwendig zu sanieren und als Luxusimmobilien wieder zu verkaufen. Ich habe sofort bemerkt, welche Leidenschaft in seiner Erzählung steckte und ich malte mir aus, dass Herr Summer ein wohlhabender Mann sein müsse.

Ich versuchte, das Gespräch wieder auf Elisabeth von Rückert zu bringen. Ich hoffte, dass sie eigene Kinder hatte und stellte, um ihr Alter herauszufinden, eine vage Frage nach möglichen Enkelkindern. Herr Summer lachte. Es gab noch keine Enkelkinder, aber ihre frisch verheiratete Tochter Mia solle sich langsam mal daran machen. Sie sei auch nicht mehr die Jüngste! Herr Summer lachte über seine unangebrachte Bemerkung, was ihn für mich irgendwie unsympathisch erscheinen ließ. Er entschuldigte sich gleich darauf. Wahrscheinlich bemerkte er meine Reaktion. Ich wusste nun, dass Elisabeth von Rückert Mutter einer bereits nicht mehr so jungen Tochter war. Auf die Frage, ob ich sie hier antreffen könne, verneinte Herr Summer. Sie würde erst morgen aus Basel anreisen. Er sei mit ihr zum Kaffee verabredet. Wie nett, dachte ich mir.

Nun, ich hatte die Informationen erhalten, die ich haben wollte. Der Anfang war gemeistert. Ich würde morgen wiederkommen und dann Frau Elisabeth von Rückert kennenlernen.

Herrn Summers endlose Ausführungen über Villen und deren Besonderheiten in und um Baden-Baden langweilten mich.

Schließlich gelang es mir, mich von ihm loszueisen und so kam ich kurz vor 18 Uhr wieder zurück. Ich werde mich jetzt ausruhen und über meine weiteren Schritte nachdenken."

Benjamin wusste nicht, ob er Bewunderung für seine Großmutter empfinden oder sie für völlig gestört halten sollte. Offenbar dachte sie, eine Meisterdetektivin zu sein. Er schloss das Heft, um sich einen zweiten Kaffee einzuschenken.

4

Da ihn der Hunger überkam, bereitete sich Benjamin ein Müsli zu und setzte sich wieder zurück auf die Couch.

„Ich bin ja so auf diese Frau von Rückert gespannt", las er weiter. „Und ob sie sich tatsächlich mit Nils getroffen hatte. Was könnte beide miteinander verbunden haben? Ich hoffe, ich werde es heute herausfinden."

Dann macht sie einen Absatz. Thematisch ging es anders weiter, wie Benjamin feststellte: „Esther und Marco waren eben bei mir. Sie wollten sich erkundigen, wie es mir ginge, meinten sie. Natürlich bat ich sie für einen Moment herein und bot ihnen eine Tasse Kaffee an. Nach anfänglichem Zögern kam Marco auf Nils zu sprechen. Er habe darüber nachgedacht und befand es als zu gefährlich, sich mit seinem Tod zu befassen. Er hätte auch Esther erzählt, dass ich offenbar Nachforschungen anstellen würde. Ich würde vielleicht glauben, es handele sich in Wahrheit nicht um einen Selbstmord. Esther meinte daraufhin zu ihm, dass sie mit mir reden sollten. Beide machten sorgenvolle Gesichter. Ich schaute sie lange nachdenklich an. Dann entschloss ich mich dazu, sie zu beschwichtigen und erklärte, dass ich nicht im Traum daran gedacht hätte, etwas von meinen Vorhaben tatsächlich in die Tat umzusetzen.

Wenn selbst die Polizei nicht davon ausginge, dass Nils ermordet wurde, warum solle ich das dann tun? Außerdem sei ich zu alt und zu gebrechlich. Erleichterung machte sich in Esthers Gesicht breit. Auch Marco sagte mit beruhigtem Ton: ‚Gut, dann brauchen wir uns um Sie keine Sorgen mehr zu machen.' Genussvoll tranken sie ihren Kaffee aus, standen auf und verabschiedeten sich.

Nun bin ich wieder allein. Ich werde mich jetzt rasch fertig machen und warten, bis sich im Haus alles beruhigt hat, um mich auf den Weg nach Baden-Baden zu machen. Heute Abend werde ich berichten, wie der Tag verlaufen ist.

Es war wieder ein aufregender und interessanter Tag. Als ich vor der gläsernen großen Tür stand, atmete ich noch einmal tief durch, trank einen großen Schluck Medizin und betrat zum zweiten Mal den Club La Rose. Die Halle war leer. Es war noch viel zu früh für einen Drink an der Bar. Ich bestellte einen Kaffee und setzte mich auf den Platz von gestern. Es dauerte eine Weile, bis sich die ersten Gäste in der Halle einfanden. Eine junge Familie mit ungezogenen Kindern belagerte die beiden Tische neben mir. Bin ich froh, dass diese Zeit vorüber ist! Ein Zerren und Ziehen und ein Gezeter war das. Warum sollen Kinder eigentlich immer im Mittelpunkt stehen?

Da ich meinen Kaffee bereits ausgetrunken hatte, bestellte ich mir an der Bar ein Wasser. Ich sah eine junge Frau hereinkommen. Auf Mitte dreißig schätzte ich sie. Sie rieb sich den Nacken und machte einen unsicheren Eindruck. Unsere Wege kreuzten sich. Während ich wieder zurück an meinen Platz ging, setzte sie sich an die Bar. ‚Einen Whisky bitte', hörte ich ihre zaghafte Stimme. Ich blickte auf die Uhr. 9:30 Uhr war es. Etwas früh für einen Whisky, dachte ich. Sie trank das Glas in einem Zug aus. Dann schaute sie sich ruckartig um, als ob sie jemanden erwarten würde. Hübsch angezogen war sie und sie hatte eine schlanke Figur mit langen Beinen.

Nachdem sie ihren zweiten Whisky ausgetrunken hatte, nahm sie ein Mund-Spray und versuchte offenbar, den Alkoholgeruch zu überdecken.

Ein Mann mittleren Alters betrat den Saal. Er ging zielstrebig auf die Frau zu. Als diese ihn erblickte, lächelte sie gezwungen. Er flüsterte ihr etwas ins Ohr. Sie schüttelte daraufhin den Kopf. Dann wurde seine Stimme intensiver, so dass ich hören konnte, was er sagte. ‚Hauch' mich an!', beharrte er. Sie stand auf, drehte sich von ihm weg und setzte an zu gehen, da packte er sie grob am Arm und zerrte sie wieder auf den Stuhl. ‚Ich habe dir hundertmal gesagt, dass du mit dem Trinken aufhören sollst! Wie oft denn noch? Willst du

dich tot saufen?', zischte er. ,Ist dir doch sowieso egal!',
resignierte sie. Er schüttelte den Kopf und ließ ab von
ihr. Sie stammelte etwas, das ich nicht verstehen konnte,
und er sagte daraufhin: ,Reiß dich zusammen!'

Nun saßen beide mit abgewendetem Blick da. Wie zwei
Fremde oder wie ein Paar, das sich nichts mehr zu sagen
hatte. Wie schrecklich, dachte ich mir. Da nützt doch das
ganze Geld nichts, wenn man nicht glücklich ist.

Kirk Summer betrat den Saal. Er ging zielstrebig auf das
Paar zu und umarmte beide. Lautes Lachen war zu
hören. Wie gute alte Freunde, die sich eine Weile nicht
gesehen hatten, begannen er und der Mann das
Gespräch. Sie saß stumm und unbeteiligt daneben. Wie
unsensibel von den beiden, überlegte ich. Als dann
wenige Momente später Herr Summers Blick auf mich
fiel, winkte er mir zu. Ich stand unwillkürlich auf und
folgte seiner einladenden Geste. Er stellte uns einander
vor. Es handelte sich um die Tochter von Elisabeth von
Rückert, Mia, und ihren Mann Rene. Da beide von
Rückert hießen, nehme ich an, hat er bei der Hochzeit
ihren Namen angenommen.

Nachdem ich als Josephine Holst vorgestellt wurde,
erzählte Herr Summer von unserem ersten Treffen am
gestrigen Nachmittag. Als dann klar war, dass ich eigens
hier war, um ihre Mutter kennenzulernen, sollte ich
diesen Umstand auch erklären. Die Kinder kannten die

von mir erfundene Person Emma Brutzel, die angeblich auf einer Urlaubsreise Kontakt zu ihrer Mutter hatte, selbstverständlich nicht. Seltsam, dachte ich, diese Leute müssen auf ihren Reisen unglaublich viele Menschen kennenlernen. Dass ihnen meine kleine erfundene Geschichte nicht komisch vorgekommen war?

Alles war geklärt. Nun sollte die Mutter, Elisabeth, demnächst in die Halle kommen. Die Zeit verging. Von den Gesprächen der beiden Männer verstand ich wenig. Sie sprachen irgendetwas über Geldanlagen, profitablen Investitionen und welche Freunde aus ihrem Umfeld wie viel Geld besaßen. Ich fühlte mich unwohl und war darauf gefasst, jeden Moment als einfache, bürgerliche Person entlarvt zu werden, die hier vollkommen fehl am Platz war.

Da verstummte das Gespräch von Herrn Summer und Rene von Rückert plötzlich, denn Elisabeth von Rückert kam herein, eine zierliche, ältere Dame, am Arm eines etwa vierzig jährigen Mannes. War das ihr Lebensgefährte, fragte ich mich. Er war viel zu jung für sie, dachte ich unwillkürlich. Eine auffällig überschwängliche Begrüßung fand statt. Herr Summer übertraf sich an Höflichkeit ihr gegenüber, machte Komplimente ob ihres formidablen Aussehens und küsste ihre Hand. Ich stand aufgeregt daneben und wartete, bis die Reihe an mir war. Frau von Rückert sah mich erstaunt an. Sie reichte mir die Hand und begrüßte mich. Nun stellte mich Herr Summer namentlich vor und forderte mich auf, zu erklären, weshalb ich hier sei. Erstaunt hob sie die Brauen, als ich die Geschichte von meiner erfundenen Freundin Emma Brutzel erzählte. Sie ließ sich aber nichts anmerken und meinte so etwas, wie: ‚Ja, ich glaube mich an sie zu erinnern.'

Ich war erleichtert. Scheinbar wurde die Geschichte akzeptiert und ich war Teil der Runde. Nun setzten wir uns an die Tische. Es sollte gegen halb elf gemeinsam gefrühstückt werden. Bis dahin saß man hier in der Halle und unterhielt sich.

Der Mann, an dessen Arm Frau von Rückert hereingekommen war, war der Inhaber des traditionsreichsten Juweliergeschäfts in Baden-Baden namens Vincent Heubuhler. Er war nicht ihr Partner, wie ich anfänglich gedacht hatte, sondern ein enger und vertrauter Freund. Bereits in vierter Generation hatte er vor einigen Monaten das Geschäft seines Vaters übernommen. Frau von Rückert war offenbar eine Kundin von ihm, denn an ihrem Hals trug sie eine wahrscheinlich sehr kostbare Kette, die mit unzähligen Diamanten verziert war. Er und sie saßen nebeneinander und verstanden sich ausgezeichnet. Sie schienen den gleichen Humor zu haben. Immer wieder lachten sie über eine Bemerkung des anderen.

Herr Summer saß Frau von Rückert gegenüber. Er benahm sich einwandfrei und sehr zuvorkommend. Ein wahrer Gentleman, dachte ich. Seine Aufmerksamkeit galt nur ihr. Er nutzte jede Chance, die sich bot, um mit ihr ins Gespräch zu kommen. Wenn jedoch Herr Heubuhler etwas sagte, wandte sich Frau von Rückert sofort wieder ihm zu und Herr Summer war vergessen. Ihr Interesse galt eindeutig nicht ihm. Seine Einladung zum Abendessen schlug sie dankend aus. Man konnte in seinen Augen die Enttäuschung sehen. Ich denke, es war nicht der erste Versuch und es würde bestimmt nicht der letzte bleiben.

Das Verhältnis zu ihrer Tochter Mia war eher kühl und bestimmend. Sie forderte sie mehrmals auf, sich gerade zu halten. Wenn sich die Männer unterhielten, dann solle sie still sein und ein hübsches Gesicht machen. Wie antiquiert diese Haltung war, dachte ich. Kein Wunder, dass Mia einen recht unsicheren Eindruck erweckte. Rene von Rückert war seiner Schwiegermutter gegenüber eher devot und unterwürfig, würde ich sagen. Er bekräftigte alles, was sie sagte, nickte bestätigend und wagte es nicht, eine eigene Meinung zu vertreten.

Irgendwann war die Reihe an mir. Ich erfand eine Geschichte von Emma, die Frau von Rückert sehr gut aussehen ließ. Emma lobte Frau von Rückerts freundliche Art in den höchsten Tönen. Diese war sehr erfreut über meine schönen Worte. Als ich dann etwas über mich erzählen sollte, geriet ich zunächst ins Stocken. Ich erfand einen reichen Ehemann, mit dessen Geld ich nun als Witwe mein Leben fristete. Wie gut, dass ich nicht meinen echten Namen benutzte!

Ein Kellner kam und wies der Familie den Weg in den Essenssaal. Meine Geschichte war somit beendet. Alle erhoben sich. Bevor die Gruppe die Halle verließ, nahm ich Frau von Rückert zur Seite. Ich bedankte mich für ihre freundliche und offene Art mir gegenüber und sagte, dass ich sehr gerne einmal einen Kaffee mit ihr trinken würde. Sie lächelte und erklärte, drei Wochen hier in Baden-Baden zu logieren. Ich solle einfach herkommen und dann würde sich ein Treffen von ganz alleine ergeben.

Allen voran schritt Elisabeth von Rückert an Herrn Heubuhlers Arm in den Essenssaal. Unmittelbar dahinter folgte ihr Schwiegersohn Rene, dessen Frau Mia hinterherlief. Das Schlusslicht bildete der nicht beachtete Herr Summer.

Als ich wieder alleine war, trank ich zuerst einen Schluck Medizin, dann setzte ich mich erleichtert an einen der Tische. Ich dachte über das Treffen der Gesellschaft nach. Frau von Rückert war der

Mittelpunkt der Familie. Um sie drehte sich alles. Sie war eine selbstbewusste Frau, die Ausstrahlung besaß. Wie passte es, dass Nils offenbar Kontakt zu ihr hatte oder Kontakt zu ihr aufnehmen wollte? Nils, der von seinem Hintergrund so gar nicht in diese Gesellschaft gehörte?"

## 5

„Lieber Benjamin, heute werde ich nicht in den Club la Rose fahren. Die letzten beiden Tage strengten mich zu sehr an. Ich werde mich wohl daran machen, Nils Zimmer weiter auszuräumen. Irgendwann werde ich es ja an jemand anderen weitervermieten."

Seine Großmutter ließ den Rest der Seite leer. Benjamin blickte auf und legte das Tagebuch zur Seite. Er wollte sich etwas zu Mittag bestellen und rief bei seinem Lieblingsitaliener an. Es sollte eine Dreiviertelstunde dauern, bis die Pizza geliefert werden würde. Die Zeit würde er nutzen, um sein tägliches Fitnessprogramm zu absolvieren.

Während des Essens dachte er an seine Großmutter. Er wusste schon immer, dass sie neugierig gewesen war. Sie hatte stets wissen wollen, wer was tat und was in ihrem Haus vor sich ging. Das wusste die gesamte Familie. Sie hatte ihren Untermietern buchstäblich hinterherspioniert. Aber dass sie sich darüber hinaus als verdeckte Detektivin betätigt, eine andere Identität angenommen und fremden Menschen erfundene Geschichten aufgetischt hatte, war für ihn befremdlich. Diese Seite kannte er von ihr nicht. Wohin das Ganze unweigerlich führte und in welche Gefahr sie sich damit gebracht hatte, wusste sie zu diesem Zeitpunkt offenbar nicht. Mit mulmigem Gefühl nahm er das Tagebuch wieder in die Hand, blätterte die nächste Seite auf und las weiter:

„Lieber Benjamin, du wirst nicht glauben, was ich heute gefunden habe! Ich bin in Nils' Zimmer gegangen, um seine Schränke leer zu räumen. Unheimlich fand ich es, seine persönlichen Dinge zu verpacken, um sie anschließend zu entsorgen. Ich tat also, was ich tun musste und machte mich an die Arbeit. Die Säcke mit seinem Hab und Gut musste ich irgendwo unterstellen, um sein Zimmer weiter säubern zu können. Also packte ich alles und trug es in den Keller. Nils hatte eine kleine Ecke mit Regalen, die er mitbenutzen durfte. Ein eigener, ganzer Kellerraum stand ihm nicht zu. Ich legte die Säcke aus seinem Zimmer unter das unterste Regalbrett. Danach nahm ich einen Müllsack, um das, was auf den Regalen lag, ebenso zusammenzupacken. Vor ein paar Monaten war ich so freundlich gewesen,

Nils auch etwas Platz in einem weiteren offenen Kellerraum zu geben, der zu meiner Wohnung gehörte, da seine Regale nicht ausreichten. Wenn ich es richtig überlege, habe ich nach dem Fund seiner Leiche der Polizei gegenüber vergessen, diesen Umstand zu erwähnen. Jedenfalls besaß er noch weitere Regale. Warum auch immer hatte Nils dort eine Sammlung von alten Teeschachteln auf dem obersten Regal liegen. Diese waren mir nie aufgefallen. Mindestens fünfzehn Schachteln waren es. Ich öffnete eine, doch diese war leer. Daraufhin nahm ich eine nach der anderen und warf sie in den Müllsack. Die letzte war viel schwerer als die anderen und es raschelte etwas in ihr. Nachdem ich diese automatisch in den Müllsack warf, stutzte ich und holte sie wieder heraus. Wahrscheinlich waren Schrauben darin oder sonst etwas, was man in einem Keller aufbewahrte. Dennoch war ich neugierig. Ich nahm sie und öffnete den Deckel. Du wirst nicht glauben, was sich darin befand!

In ein dunkelblaues Samttuch gehüllt befanden sich fünf Schmuckstücke. Drei Ketten und zwei Ringe. Ich stellte mich direkt unter das Kellerlicht, um den Fund genauer betrachten zu können. Die Schmuckstücke schienen kostbar zu sein! Die Ketten waren aus Gold, versehen mit Edelsteinen. Die beiden Ringe waren Siegelringe mit unterschiedlichen Wappen. Wie war Nils an diese Schmuckstücke gekommen? Waren es Geschenke?

Vielleicht hatte er sie mit dem Geld der Kreditinstitute gekauft? Aber warum? Wollte er sie verschenken? Ich weiß nicht, Benjamin, was dieser Fund zu bedeuten hat. Mir ist Nils, den ich glaubte zu kennen, plötzlich sehr fremd geworden. Er hatte Geheimnisse und offenbar war nichts so, wie es schien.

Ich legte das Säckchen mit dem Schmuck wieder zurück in die Teeschachtel. Vorerst beließ ich es mit dem weiteren Aufräumen und verstaute die Müllsäcke ordentlich unter den Regalen. In Gedanken versunken ging ich mit meinem Fund zurück in meine Wohnung. Ich überlegte mir ein geeignetes Versteck und setzte mich anschließend in meinen Ohrensessel. Benjamin, ich kann mir keinen Reim darauf machen."

Benjamin legte das Tagebuch zur Seite. Die einzige Frage, die ihn jetzt umtrieb, war, ob Großmutters Wohnung bereits entrümpelt worden war?

Er sprang auf und lief in die Küche. Dort waren an einer Pinnwand wichtige familiäre Telefonnummern gesammelt. Er fuhr mit dem Finger die Liste ab. Anschließend wählte er eine Nummer.

„Ja bitte?", hörte er am anderen Ende die Stimme seiner Mutter.

„Hallo, ich bin's, Benjamin."

„Hallo mein Schatz, geht's dir wieder besser?"

„Ja, alles gut. Was ich dich fragen wollte: Wurde Omas Wohnung bereits entrümpelt?"

„Warum willst du das denn wissen?", fragte Barbara überrascht.

Benjamin druckste: „Ist doch jetzt egal! Oma wollte mir noch etwas schenken. Das würde ich mir gerne holen, wenn es noch nicht zu spät ist."

„Willst du nach Bruchsal fahren?", fragte Barbara erstaunt.

„Ja, wieso nicht? Also, steht noch alles oder ist die Wohnung bereits ausgeräumt?"

„Alles ist noch so, wie wir es verlassen haben. Die Untermieter wohnen ja auch noch dort. Dein Vater und ich sind noch nicht dazu gekommen, das Nötige zu veranlassen."

Nachdem ihm Barbara erklärte, wo er den Schlüssel finden konnte, beendete Benjamin das Gespräch und machte sich auf den Weg von Ulm nach Bruchsal.

Nach einer eineinhalbstündigen Fahrt stand Benjamin vor dem Haus seiner Großmutter am Weiherberg in Bruchsal. Er öffnete die Tür und stieg die Treppe hoch in den ersten Stock. Da hörte er aus einem der oberen

Stockwerke Schritte. Es war Esther, die herunterkam. Als sie ihn vor der Tür seiner Großmutter stehen sah, lächelte sie ihn an: „Hallo Benjamin, das ist ja eine Überraschung!"

„Hallo Esther", begrüßte er sie.

„Was tust du hier?" Esther blieb auf der Treppe stehen.

„Ich glaube, ich habe etwas in Omas Wohnung vergessen, als ich das letzte Mal hier war. Ich will schauen, ob es da ist."

„Ja, mach das. Ich gehe in die Stadt, mit einer Freundin einen Kaffee trinken. Wenn du magst, dann komm doch nach. Wir sind im Café am Markt."

Benjamin nickte.

„Mach's gut", lächelte sie, während sie hinunterlief und das Haus verließ.

Als er in der Wohnung stand und diese unverändert vorfand, überkam ihn ein mulmiges Gefühl. Durch das Lesen des Tagebuchs war es für ihn so, als wäre sie noch am Leben. Als würde sie ihm gerade jetzt ihre Geschichte erzählen. Und doch war das, was er hier vorfand, die traurige Realität.

Er schluckte. Dann ging er in der Wohnung umher und überlegte, wo seine Großmutter die Schachtel mit dem

Schmuck versteckt haben könnte. Er öffnete systematisch jede Schranktür und jede Schublade. Doch er fand weder eine Schachtel noch ein blaues Säckchen.

Plötzlich hatte er eine Idee. Er fragte sich, wo eine Schachtel Tee am wenigsten auffallen würde? Schnell eilte er in die Küche. Auf einem Regalbrett oberhalb der Spüle stand die Teesammlung seiner Großmutter. Nebeneinander fand er die unterschiedlichsten Teesorten als Beuteltee oder Teemischung. Er öffnete jede Packung. Bei der vorletzten Packung wurde er fündig. Darin befand sich tatsächlich das blaue samtene Tuch und in dessen Inneren der beschriebene Schmuck! Benjamin setzte sich. Wenn das mit dem Schmuck der Wahrheit entsprach, dann auch der Rest. Die Frage war also, wie kam Nils zu dem Schmuck?

Benjamin dachte nach. Vielleicht war Nils ein Dieb, der im Keller seine Beute gesammelt hatte. Und vielleicht hatte seine Großmutter noch nicht alles gefunden? Er eilte die Treppe hinunter, öffnete das Schränkchen und schloss die Kellertür auf. Ihn schauderte, als er vor der Treppe stand. Er stieg hinunter und lief durch die Kellerräume, die allesamt offen waren. Da erkannte er aus der Erzählung seiner Großmutter den Ort, an dem Nils' Hab und Gut in Müllbeutel verpackt lag. Er öffnete die Beutel und durchsuchte akribisch deren Inhalt. Doch er wurde nicht fündig. Nirgends gab es etwas

Vergleichbares wie den Schmuck. Anschließend ging er in den Kellerraum seiner Großmutter und fand auch dort die Säcke, in denen die restlichen Teeschachteln gesammelt lagen. Er begann eine Schachtel nach der anderen zu öffnen. Sie waren leer.

Doch halt, dachte er sich. Eine hatte einen andersfarbigen Boden, so schien es ihm. Er ging mit dieser Schachtel an ein Kellerfenster, um besser sehen zu können. Tatsächlich wurde ein andersfarbiger Karton als Boden hineingeklebt. Er versuchte den doppelten Boden vorsichtig herauszulösen. Darunter verbargen sich ein Paar silberne Ohrringe mit grünen Saphiren und ein Plastikbeutelchen mit einem undefinierbaren Pulver. Er legte den Fund behutsam zurück. Nils hatte also tatsächlich noch mehr versteckt. Warum es nicht alles in einer Schachtel versteckt war, wusste er nicht. Vielleicht war es eine Trennung nach dem Herkunftsort oder der Herkunftsperson? Das wäre eine Erklärung gewesen.

Er verließ den Keller und setzte sich in die Wohnung seiner Großmutter in den Ohrensessel. War er jetzt klüger als zuvor? Ergab das alles einen Sinn? Wie sollte er denn herausfinden, von wem das alles stammte?

Er blickte auf die gegenüberliegende Wand, auf der die vielen Familienfotos hingen und von denen er eines bereits damals mitgenommen hatte, als er mit seinen Eltern hier gewesen war. Er stutzte, als er ein Porträt seiner Großmutter anschaute. Unweigerlich stand er auf. Er schaute genau hin. Auf dem Bild trug seine Großmutter genau die Ohrringe, die Benjamin in der einen Schachtel gefunden hatte. Er holte diese heraus und verglich sie mit denen auf dem Foto. Ohne Zweifel waren es die gleichen Ohrringe. Nils hatte die Ohrringe offenbar von seiner Großmutter gestohlen! Aber was wollte er mit ihnen? Vielleicht wollte er sie verkaufen und so an Geld gelangen, überlegte Benjamin. Das war zumindest die einzige Lösung, die er spontan parat hatte. Dann hatte er den anderen Schmuck auch irgendwo gestohlen, da war sich Benjamin nun sicher.

Was das Pulver anbelangte, darauf konnte er sich noch keinen Reim machen. Er hielt es gegen die Sonne. Es war weißlich und leicht durchsichtig. Öffnen wollte er es nicht, denn es war in einen kleinen Beutel eingeschweißt.

Jedenfalls stimmte seine Theorie nicht, die er vorhin aufgestellt hatte. Die Trennung der Fundsachen hing nicht mit der Person zusammen, von der er es hatte. Denn seine Großmutter besaß bestimmt nicht solch ein Pulver. Zumindest hatte er noch nie so etwas bei ihr gesehen.

Nachdem er das Haus seiner Großmutter verlassen hatte, fuhr er mit seinem Auto in die Innenstadt Bruchsals in ein Parkhaus. Von dort aus lief er durch die Fußgängerzone zum Marktplatz, wo sich Esther mit einer Freundin treffen wollte. Er öffnete die Tür des Cafés am Markt und sah beide an einem der hinteren Tische sitzen. Als Esther ihn kommen sah, lächelte sie erfreut. Sie stand auf und sagte: „Schön, dass du gekommen bist." Anschließend machte sie Benjamin mit ihrer Freundin Lara bekannt. Benjamin reichte ihr die Hand. Lara rutschte zur Seite und bot ihm einen Platz neben sich an.

„Ich dachte, wenn ich schon einmal hier in Bruchsal bin, dann nehme ich die Einladung gerne an. Wirklich nett von dir, Esther."

Benjamin bestellte einen Milchkaffee. Esther stellte ihre Freundin Lara vor, die gerade ihre Ausbildung zur Erzieherin beendet hatte. Benjamin wurde neugierig. Er trug sich selbst mit dem Gedanken, nach dem Freiwilligen Sozialen Jahr den Beruf des Erziehers zu erlernen. Das wusste Esther. Seine Großmutter hatte es ihr einmal erzählt. Die Brücke war geschlagen. Lara und Benjamin verstanden sich auf Anhieb gut und tauschten sich über den Beruf aus, dessen Anforderungen, Berufschancen und auch dessen Nachteile.

„Wie habt ihr euch denn kennengelernt?", wollte Benjamin anschließend wissen.

Da erzählte Esther, dass sie und Lara sich das erste Mal vor zwei Jahren im Musik-Park trafen, einer örtlichen Diskothek. Sie verstanden sich gut und schließlich wuchs eine Freundschaft daraus. Sie gingen regelmäßig miteinander aus, mal in Bruchsal, aber auch in Karlsruhe oder Heidelberg.

Lara war Benjamin sehr sympathisch. Sie hatte ein hübsch geschnittenes Gesicht und ein offenherziges Lachen. „Lass' uns mal die Nummern austauschen", schlug er vor. „Vielleicht kannst du mir Tipps geben, was die Ausbildung betrifft?"

„Na klar", erwiderte sie und holte ihr Handy heraus. Er nannte seine Nummer, die sie eintippte, danach rief sie ihn kurz an.

„Prima, ich danke dir!", lächelte er sie an.

Da wurde Esther plötzlich sehr ernst. „Weißt du schon was Neues von deiner Oma?"

Benjamin verneinte. Es sei ein Unfall gewesen, sagte er. Von der Polizei war nichts mehr gekommen.

„Und hast du eine Ahnung, wie lange wir noch in dem Haus wohnen bleiben dürfen, Marco und ich?"

„Auch davon weiß ich nichts", gestand Benjamin. „Aber meine Eltern sind derzeit mit anderen Dingen beschäftigt. Kann sein, dass sich das noch eine Weile hinzieht. Sie geben euch bestimmt rechtzeitig Bescheid."

Esther nickte. „Ich danke dir." Sie machte einen besorgten Eindruck. „Natürlich schaue ich mich derzeit schon um, man weiß ja nie", fügte sie hinzu und beendete das Thema.


6


Benjamin verstaute den Schmuck und das Pulverbeutelchen in seinem Schreibtisch. Dann setzte er sich zu seinen Eltern, die beide wieder von ihrer Arbeit zurück waren, ins Wohnzimmer. Seine Mutter fragte, ob er in der Wohnung seiner Großmutter fündig geworden sei und ob sich die Fahrt gelohnt habe.

Benjamin bejahte. Er habe ein Bild von ihm und seiner Großmutter gefunden, auf das sie in ihren Aufzeichnung Bezug genommen hatte. Warum er wirklich nach Bruchsal gefahren war, wollte er noch nicht preisgeben.

Barbara stutzte einen Moment, sagte aber nichts. Sie kannte ihren Sohn genau und wusste, dass dies nicht der wahre Grund gewesen war. Ihr war bewusst, dass Benjamin nur das erzählte, was er mitteilen wollte, und dass es nichts half, ihn zu drängen. Also nahm sie ihr Buch in die Hand und las weiter. Sein Vater Stefan war unbeeindruckt in seine Zeitung vertieft.

Benjamin legte sich auf sein Bett, nahm das Tagebuch in die Hand und las:

„Lieber Benjamin. Nach einer zweitägigen Pause machte ich mich heute wieder auf den Weg nach Baden-Baden. Es war ein langer, anstrengender Tag. Ich versuche mich beim Schreiben an jede wichtige Einzelheit zu erinnern:

Als ich wieder auf meinem angestammten Stuhl in der Halle des Club la Rose Platz genommen hatte, gesellte sich Herr Summer zu mir. Er hatte bemerkt, dass ich zwei Tage nicht da gewesen war. Wie aufmerksam von ihm, dachte ich. Wir bestellten uns Kaffee.

Er sagte, wie erfrischend er mich fand und dass es schön war, hier ein neues Gesicht zu sehen. Es wären sonst immer die gleichen Leute da. Eine kleine erlesene Gesellschaft, die ihn offenbar langweilte oder an der ihn etwas störte. Ich freute mich wegen seiner Bemerkung, fragte mich aber, was er wohl in mir sah.

Immer wieder blickte er sich um, als ob er jemand Bestimmtes treffen wolle. Doch es kam niemand. Es waren nur wir beide da.

Ich wusste, wen er zu sehen erhoffte. Es war bestimmt Elisabeth von Rückert. Unübersehbar empfand er eine gewisse Sympathie für sie. Vielleicht sogar eindeutige Gefühle. Jedoch blieben diese unerwidert. Sie hatte offenbar keine für ihn, so, wie sie sich ihm gegenüber verhielt. Ich sprach ihn vorsichtig darauf an. ,Wie klug Sie doch sind', lächelte er traurig. ,Sie haben mich durchschaut.'

Da saß er mir gegenüber. Dieser stattliche Mann und wirkte hilflos wie ein kleiner Junge. Er erzählte mir von seinem ersten Treffen mit ihr vor vier Jahren. In Rom war es gewesen. Er hatte dort geschäftlich zu tun gehabt und den Verkauf eines Herrenhauses abgewickelt. Sie hatte dort Urlaub gemacht und eine Gesellschaft eingeladen, zu der er über einen Geschäftskollegen dazugekommen war. Er war sehr erfreut gewesen, als er gehört hatte, Elisabeth von Rückert würde sich des Öfteren in Baden-Baden aufhalten. Es war von da an sein größter Wunsch gewesen, sie näher kennen zu lernen und sie vielleicht sogar als Partner glücklich zu machen. Bitter schaute er drein, als er weitersprach: ,Aber was kann ich gegen die Jugend ausrichten?'

Ich verstand nicht, was er damit meinte.

Da erhellte sich sein Blick, als sich die Tür öffnete und Elisabeth von Rückert hereinkam. Er erhob sich, um sie zu begrüßen. Sie setzte ein freundliches Gesicht auf und sagte leichthin: ‚Kirk, sei so gut, mein Schwiegersohn hat einige Fragen an dich bezüglich irgendeines alten Hauses. Geh' doch zu ihm und berate ihn. Er ist im Billardzimmer.' Herr Summer nickte pflichtbewusst und machte sich sogleich auf den Weg. Nachdem er weg war, seufzte Frau von Rückert und winkte ab. Die Männer würden wieder an ihr kleben, sie hätte heute noch keine ruhige Minute gehabt. Dann änderte sich ihr Blick und unverhohlen sprach sie aus, was ich die ganze Zeit befürchtete. Sie sah mich herausfordernd an und sagte: ‚Sie denken wohl, ich glaube Ihnen Ihre kleine Geschichte? Ich kenne und kannte nie eine Emma Brutzel! Also, wer sind Sie wirklich?' Ich war peinlich berührt und stand unwillkürlich auf. Ich war auf alles gefasst. Würde sie mich jetzt hinauswerfen?

‚Wer sind sie?!', wiederholte sie in einem ungewohnt scharfen Ton. Ich wusste nicht recht, was sich sagen sollte. Ich stotterte irgendetwas Undeutliches vor mich hin.

Sie stand langsam auf. Mein Gott, Benjamin, ich hätte schwören können, sie würde umgehend dem Kellner befehlen, mich hinaus zu werfen. Da machte ich eine beschwichtigende Geste. Ich fragte mich: Sollte ich ihr die Wahrheit sagen? Würde sie mir glauben?

Ich gestand schließlich, dass ich eine falsche Identität vorgetäuscht hatte. Aber dies aus ehrenwerter Absicht! Der Name Josephine Holst sei frei erfunden. Ich hieße Erika Hummele und käme aus Bruchsal. Ich wäre auch nicht reich, so wie ich es vorgegeben hatte, sondern eine ganz einfache Witwe. Sie könne meine Personalien überprüfen lassen.

Elisabeth von Rückert stand aufrecht vor mir und hob fragend den Blick. Es sollte bedeuten, dass ich mich weiter zu erklären hatte.

Wahrheitsgetreu erzählte ich ihr von meinem Untermieter Nils. Dieser sei ertrunken aufgefunden worden. Aufgrund eines Zettels in seinem Zimmer gab es Anlass zu glauben, er wolle den Kontakt zu ihr herstellen oder war gegebenenfalls schon mit ihr bekannt. Nur allein deswegen war ich hierhergekommen, um dies zu erfragen. Ich hoffte, dass sie mir Glauben schenken würde.

Sie setzte sich nachdenklich hin und wiederholte ungläubig seinen Namen. Dann fragte sie, wie er mit vollem Namen hieße. Ich sagte: ‚Nils Hansmann'

Sie überlegte sorgfältig. Dann schüttelte sie den Kopf. Einen Nils Hansmann hatte sie noch nie getroffen. An diesen Namen würde sie sich erinnern können. Was er beruflich gemacht hatte und in welcher Branche er tätig gewesen war, wollte sie wissen. Ich erklärte, dass Nils ein armer Mann gewesen war, der im Leben viel Pech gehabt hatte. Er war keinem Beruf nachgegangen, sondern wurde vom Staat finanziell unterstützt.

‚Aha, ein Schmarotzer also?‘, stieß sie aus. Angewidert bekräftigte sie ihren Standpunkt, ihn noch nie getroffen zu haben.

Ich wusste nicht mehr weiter. Wenn sie ihn nicht kannte, dann war ich hier vollkommen falsch. Nils hatte vielleicht einen Plan gehabt, jedoch diesen noch nicht in die Tat umgesetzt. So schien es zu sein.

Ich stand da und wollte nicht länger warten, bis sie ihr vernichtendes Urteil über mich fällte. So lief ich stumm zur Eingangstür. Hier brauchte ich mich wohl nicht mehr blicken zu lassen. Gedemütigt kam ich mir vor, obwohl doch meine Absicht eine gute war. Kurz bevor ich draußen war, rief mich Frau von Rückert wieder zurück.

In einem vollkommen anderen Ton, fast schon mit Begeisterung, sagte sie: ‚Bleiben Sie noch ein paar Tage hier bei uns. Ich glaube Ihnen. Sie sind anders als wir und bringen neuen Wind herein. Das wird ein Spaß! Ich kann die ganzen speichelleckenden Gesichter hier nicht länger ertragen. Ich brauche Abwechslung! Wir werden

den anderen jedoch nicht verraten, wer Sie wirklich sind. Das soll unser Geheimnis bleiben!'

Ich wusste nicht recht, was in sie gefahren war und was genau ihren Sinneswechsel ausgelöst hatte, konnte ihr aber nicht widersprechen.

Da kam Kirk Summer wieder zurück in die Halle. Verärgert erklärte er, dass ihr Schwiegersohn Rene keinesfalls ein Anliegen gehabt habe. Er war vollkommen ahnungslos, was sie damit gemeint haben könnte!

Daraufhin lachte Frau von Rückert und sprach leichthin: ,Da muss ich mich wohl getäuscht haben.' Herr Summers Gesicht entgleiste.

Sie packte mich am Arm, zog mich mit ihr weg und forderte mich auf, mit ihr zu gehen. Sie wolle sich für das Mittagessen schick machen. Also begleitete ich sie auf ihre Suite.

Ich solle mich setzen und abwarten. Sie ließ mich alleine, kam eine knappe Viertelstunde später wieder zurück und hatte ein anderes Kleid an, Schminke im Gesicht und Schmuck angelegt. Sie war in meinem Alter, kleidete sich jedoch sehr figurbewusst und jugendlich. Während sie sich im Spiegel betrachtete, befahl sie mir, ihr den aufdringlichen Herrn Summer vom Hals zu halten. Vielleicht würde er ja eine

Begeisterung für mich entwickeln, das wären ja dann zwei Fliegen mit einer Klappe geschlagen. Sie hätte freie Fahrt und ich würde in die höhere Gesellschaft Einzug halten.

Freie Fahrt für wen, fragte ich mich.

Außerdem solle ich mich um ihre Tochter Mia kümmern. Irgendetwas bedrücke sie offenbar. Ich solle herausfinden, was dies sei. Mit ihr würde sie ja nicht sprechen.

Da fiel mir ihre Kette ins Auge. Ich stutzte. Es war genau eine der Ketten, die Nils in der Teeschachtel aufbewahrt hatte. Ich irrte mich nicht! Es handelte sich um die gleiche Kette. Ich fragte bewundernd, woher sie diese Kette hatte. Natürlich war es Herr Vincent Heubuhler, ihr vertrauter Juwelier, von dem sie die Kette geschenkt bekommen hatte.

Fast schon beiläufig erzählte sie, dass dies die zweite Anfertigung sei. Die eigentliche Kette, also die erste, sei ihr abhandengekommen. Sie habe sie irgendwo verlegt. Aber das war nicht so wichtig. Sie war jedenfalls nicht mehr da, sagte sie leichtfertig. Da hatte sich Herr Heubuhler bereit erklärt eine neue Kette anzufertigen. Was er auch für sie tat. So hatte sie ihre Kette wieder und alle waren zufrieden.

Ich fragte zum Verständnis noch einmal nach, ob es einen Brief, eine Nachricht bezüglich der verlorenen Kette gegeben hatte. Vielleicht war ein Finder auf die Kette aufmerksam geworden?

Doch davon war ihr nichts bekannt gewesen. Sie forderte mich nun auf, mit ihr das Zimmer zu verlassen und lud mich zum gemeinsamen Essen ein.

Auf dem Weg dorthin ging mir so einiges durch den Kopf. Sie musste Nils doch gekannt haben. Wie sonst würde er an die Kette gekommen sein?

Im Salon sollte das Mittagessen eingenommen werden. Alle waren gekommen und fein angezogen. Ich fiel mit meinem grau melierten Zweiteiler irgendwie aus dem Rahmen. Aber was sollte ich tun? Er war das Feinste, was ich besaß.

Frau von Rückert thronte am Kopfende des Tisches. Ihre Tochter und ihr Schwiegersohn saßen zu ihrer Rechten, Herr Heubuhler zu ihrer Linken. Mich hatte sie mit Herrn Summer an das Tischende platziert.

Alle schauten stumpf vor sich hin und sprachen, wenn überhaupt, nur mit gedämpfter Stimme. Elisabeth von Rückert hob ihr Glas Sekt in die Höhe, nickte allen zu und trank einen kleinen Schluck. Alle taten es ihr gleich.

Herr Summer stieß mit mir an und war äußerst erfreut darüber, dass ich zum Essen geblieben war. Am liebsten wäre ich aufgestanden und gegangen, so unwohl fühlte ich mich in dieser Gesellschaft. Ich fragte mich immerzu, was der ganze Reichtum mit den Menschen machte. Glücklich schienen sie alle nicht zu sein.

Das Essen wurde serviert. Es gab drei Gänge. Stumm wurde gegessen und gesprochen nur das Allernötigste. Ich beobachtete Frau von Rückert. Sie maßregelte ihre Tochter oft, weil diese sich offenbar falsch benahm, das Falsche sagte oder sich nicht gerade hielt. Kein Wunder, dachte ich, dass Mia nicht gut auf ihre Mutter zu sprechen war.

Rene, Frau von Rückerts Schwiegersohn, war ihr gegenüber sehr zuvorkommend. Er schenkte ihr nach, hob ihre Serviette auf, als diese hinuntergefallen war, und stimmte in jedes Wort ein, das sie sagte. Er wollte in ihrer Gunst stehen, dachte ich mir.

Herr Heubuhler lachte viel. Er war der mit der besten Laune. Seine Stimme klang jedoch spitz und wenig angenehm. Frau von Rückert störte das offenbar nicht. Rene und auch Herr Summer mochten ihn nicht besonders, so schien es. Sie kommentierten sein Gehabe mit vielsagenden Blicken.

Bevor das Dessert serviert wurde, erklärte Frau von Rückert ihre Pläne für den Abend. Sie würden gemeinsam ins Casino gehen und sich amüsieren. Sie würde jedem ein kleines Budget in Höhe von fünftausend Euro zur Verfügung stellen. Alle sollten sich einen schönen Abend machen. Ich war mir sicher, dass ich zu so etwas nicht mitgehen würde. Und ich ließe mich auch nicht dazu überreden.

Herr Summer stand auf und bedankte sich höflich bei Frau von Rückert. Dann wandte er sich an mich. Auf seine Frage, ob ich ihn begleiten würde, musste ich ihn leider enttäuschen. Er akzeptierte es als Gentleman und hakte nicht nach.

Ich versuchte anschließend, das Gespräch mit ihm auf Frau von Rückerts Schmuck und dessen Verschwinden zu lenken. Er wusste von dem Umstand, dass die Kette ein zweites Mal angefertigt wurde, von Herrn Heubuhler höchstpersönlich. Ich fand es seltsam, dass kein Aufhebens darum gemacht wurde. Geld spiele keine Rolle, meinte er. Der Verlust fiele für sie nicht ins Gewicht.

Auf die Frage, wo die Kette verschwunden sei, antworte er: ‚Hier im Club.'

Ich hakte nach, ob es noch mehr solcher Vorfälle gegeben hatte. Da schaute er mich an und fragte, woher ich das wüsste? Man würde hier über solche Dinge Stillschweigen bewahren. Ich tat so, als ob ich peinlich berührt wäre, etwas Derartiges angesprochen zu haben. Es wären verschiedene Herrenringe und Schmuckstücke von Damen entwendet worden, flüsterte er mir zu. Unter anderem vermisste er seinen Siegelring.

Die Polizei war laut seiner Schilderung nicht hinzugezogen worden. Da beugte er sich zu mir herüber und flüsterte mir ins Ohr, dass er einen Erpresserbrief erhalten habe. Er solle sechstausend Euro bezahlen oder er würde den Ring nicht wieder zurückbekommen.

Der Ring war nicht so viel Geld wert, meinte er, besaß aber einen ideellen Wert. Das Geld habe er schließlich nicht bezahlt und den Ring folglich nicht wiederbekommen.

Ich schluckte. Nils musste bei all diesen reichen Leuten eingebrochen sein. Er war also nicht nur ein Dieb, sondern obendrein noch ein Erpresser gewesen, anders konnte es nicht sein.

Ich fragte, ob seines Wissens jemand das Geld bezahlt hätte? Herr Summer schüttelte den Kopf. Niemand wäre darauf eingegangen. Nach einer Pause erklärte er, dass jeder hier am Tisch bestohlen worden war. Ich blickte mich in der Runde um.

Da erhob sich Elisabeth von Rückert. Das Essen war beendet. Man zog sich höflich auf die Zimmer zurück.

Ich musste erst einmal über all das, was ich eben erfahren hatte, nachdenken und setzte mich mit einer Tasse Kaffee in den Wintergarten."

Benjamin legte das Tagebuch zur Seite, da seine Großmutter einen Absatz gemacht hatte. Ihr Bericht las sich wie ein Kriminalroman, fand er. Er öffnete die Schreibtischschublade und nahm den Schmuck heraus. Er betrachtete die Siegelringe. Einer davon gehörte also Herrn Summer. Zu gegebener Zeit würde er den Schmuck wieder zurückgeben, dachte er sich.

7

„Es tut mir leid, Benjamin, aber gestern Abend war es so spät und ich war sehr müde. Ich musste aufhören zu schreiben, denn ich konnte mich nicht mehr konzentrieren. Nun sitze ich in meinem Ohrensessel und versuche, dir vom gestrigen Tag in allen Einzelheiten weiter zu berichten:

Nach dem Essen ging ich also in den Wintergarten und trank dort meinen Kaffee. Zu meinem Erstaunen gesellte sich Frau von Rückert zu mir. Sie lächelte und schien etwas gelöster zu sein. Die übrige Gesellschaft war in ihren Zimmern oder irgendwo im Club. Sie sah mich an und sprach: ‚Wissen Sie, ich bin reich. Ich hatte Glück und einen sehr reichen Mann, den ich beerbt habe. Jeder will etwas von mir. Was, das können Sie sich ja denken. Geld, alles dreht sich um das Geld. Das Problem haben Sie wohl nicht? Ich jedoch schon. Niemand verhält sich mir gegenüber ehrlich. Niemand traut sich mir gegenüber eine andere Meinung zu vertreten als die meinige. Es sind alles nur Ja-Sager, die hoffen, etwas vom großen Kuchen abzubekommen. Es ist furchtbar ermüdend, wissen Sie?‘

Ich merkte mir ihre Worte gut. Wie sie dasaß und über ihre Stellung sprach. Und die anderen, die hofften, von ihr etwas zu erhalten.

‚Kirk Summer zum Beispiel: Er hofft, dass ich ihm mein Herz schenke. Mein Herz und auch mein Geld. Es ist so offensichtlich. Das wird Ihnen doch sicherlich nicht entgangen sein? Oder mein Schwiegersohn Rene: Wie unterwürfig kann man sein, frage ich mich. Er ist ja schon der Mann meiner Tochter und wird sicher etwas erben, wenn ich sterbe. Er hätte das Getue doch nicht nötig.‘ Nach einer Pause, in der sie innehielt und vor sich hinstarrte, schaute sie mich bewundernd an: ‚Sie haben solche Sorgen nicht. Die Menschen sind ehrlich Ihnen gegenüber. Darum beneide ich Sie.‘

Ich konnte darauf nichts sagen. Sie hatte Recht, dachte ich mir. Bei mir gab es nichts zu holen. Es war bestimmt furchtbar, reich zu sein wie sie und immer Zweifel hegen zu müssen, ob andere Menschen sie ihretwegen oder nur aufgrund ihres Reichtums mochten.

Ich fragte, ob es nicht jemanden gab, der ihr Vertrauter war. Ich dachte an Herrn Vincent Heubuhler, mit dem sie sich doch so gut verstand.

Sie überlegte kurz und verneinte. ‚Niemanden, den Sie kennen‘, sagte sie schließlich. ‚Sehen Sie, auch Vincent ist mir nur zugetan, weil ich eine gute Kundin bin.‘

Daraufhin verstummte sie und saß ganz ruhig da. Sie hatte sich mir gegenüber geöffnet, weil sie wusste, dass ich diesbezüglich keine Ambitionen hatte. Mir war ihr Reichtum egal. Das wusste sie.

Ich dachte darüber nach, was sie gesagt hatte, und fragte schließlich: ‚Sie sagten eben: Niemanden, den ich kenne?‘

Sie nickte und schaute mir in die Augen. Es gab also jemanden. Ein Strahlen erhellte ihr Gesicht. Sie beschrieb im Folgenden jemanden, dem sie sehr zugetan war: ‚Es gibt einen Mann. Ich habe ihn schon einige Male getroffen, hier im Club. Er ist bedeutend jünger als ich. Er sagte, er wäre sechsunddreißig Jahre alt. Aber was bedeutet schon das Alter? Sein Name ist Sebastian von Wogen. Er ist attraktiv, gebildet, gut gekleidet, charmant und sehr reich. Er mag mich, weil ich so bin, wie ich bin. Wir sind praktisch eins und es gibt nichts, was er von mir verlangte, was er nicht selbst schon hätte.'

Ich verstand worüber sie sprach. Es musste in diesen Kreisen schwierig sein, den passenden Partner zu finden, dachte ich. Und wenn sie einen Mann gefunden hatte, wenn er auch sehr viel jünger war als sie, dann war das ein Glück.

Ihre Augen glänzten, wenn sie von ihm erzählte. Er kam aus Frankfurt, war der Sohn eines reichen Unternehmers, hatte eine gute Schulbildung, war belesen und hatte ein Studium der Wirtschaftswissenschaften absolviert. Er musste jedoch nicht arbeiten, sondern verwaltete das Familienvermögen seiner kürzlich verstorbenen Eltern.

Sie hatten sich vor einem halben Jahr das erste Mal hier im Club getroffen und auf Anhieb gut verstanden. Regelmäßig hatten sie sich hier gesehen und vor sechs Wochen vereinbart, sich diese Woche wieder zu treffen. Er müsse jeden Moment hier eintreffen, meinte sie. Sie war aufgeregt und in Vorfreude auf ihn.

Auf die Frage, was ihre Familie und ihre Freunde hier im Club von ihrer Liaison hielten, antwortete sie: ‚Sie sind nicht gut auf ihn zu sprechen. Das kann man so sagen. Aber es ist mein Leben und ich werde es mir nicht verbieten lassen.'

Sie öffnete ihre Tasche und holte ein Bild von ihm heraus. Voller Stolz zeigte sie es mir. Als ich es sah erstarrte ich. Sebastian von Wogen war mir sehr vertraut. Auf dem Bild war unverkennbar mein Untermieter Nils Hansmann zu erkennen. Ich versuchte, mir nichts anmerken zu lassen. ,Vielleicht wird er ja heute noch kommen', meinte ich zu ihr. Mein Atem wurde schneller. Ich brauchte dringend meine Medizin. Ungeachtet, was sie von mir dachte, holte ich mein silbernes Fläschchen heraus und trank einen Schluck.

Sie verweilte bei dem Bild. Dann steckte sie es wieder ein. Als sich Herr Summer zu uns gesellen wollte, stand ich auf und verabschiedete mich. Ich ließ beide allein und verließ den Club. Für heute war es genug, dachte ich."

Benjamin schloss das Tagebuch und legte es beiseite. Er musste das Gelesene erst einmal sacken lassen. Nils Hansmann hatte sich also als jemand anderes ausgegeben und sich so das Vertrauen von Elisabeth von Rückert erschlichen. Kleider machen Leute, dachte Benjamin. Und Mut muss er gehabt haben.

Er nahm sein Handy in die Hand und öffnete seine Kontaktliste. Nach einem Zögern tippte er auf eine bestimmte Nummer. Am anderen Ende hört er: „Hallo, das ist aber eine Überraschung!"

Ungewohnt schüchtern eröffnete er das Gespräch: „Hallo Lara, ich dachte, ich melde mich mal bei dir. Wegen der Ausbildung, weißt du? Wenn du Lust hast, dann könnten wir uns treffen und uns darüber austauschen?"

Erfreulicherweise war sie sofort damit einverstanden. Sie schlug gleich den nächsten Abend vor. Wenn er wollte, könnten sie sich in Bruchsal bei ihrem Lieblingsitaliener treffen und etwas zusammen essen. Nachdem die Uhrzeit abgesprochen war, verabschiedeten sie sich. „Ich freue mich auf morgen", sagte Benjamin.

„Ja, ich mich auch."

Dann legten sie auf.

Nach all dem Lesen von Großmutters Tagebuch brauchte er jetzt eine Ablenkung. Er musste sich mit etwas anderem beschäftigen. Und so würden sich seine Gedanken ordnen und er würde einen klaren Kopf behalten.

Als er an diesem Abend in seinem Bett lag, schlief er mit einem Lächeln ein.


Pünktlich betrat Benjamin die Pizzeria. Lara war noch nicht da. Er suchte sich einen Tisch aus und setzte sich so, dass er die Eingangstür im Blick hatte. Im Vorfeld hatte er sich ein paar Fragen zur Ausbildung und dem späteren Betätigungsfeld überlegt.

Nach etwa zehn Minuten betrat Lara das Restaurant. Etwas abgehetzt setzte sie sich zu ihm und meinte: „Tut mir leid, ich musste mit dem Fahrrad kommen. Mein Auto ist noch in der Werkstatt. Dauert wohl noch bis morgen. Hoffentlich ist es nichts Kostspieliges."

„Das hoffe ich auch!" Benjamin lächelte. Lara sah wirklich nett aus. Ihre Haare waren zu einem Pferdeschwanz zusammengebunden und nur ganz dezent hatte sie Make-up im Gesicht.

Nachdem sie bestellt hatten, begannen sie das Gespräch über den Beruf des Erziehers. Sie ging in ihrem Beruf voll auf und liebte es, mit Kindern zu arbeiten. Ihnen dabei zu helfen, soziale Kompetenzen aufzubauen und sie ein paar wenige Jahre auf ihrem Lebensweg zu begleiten, auf sie positiv einzuwirken, war für sie sinnstiftend.

„Wenn ich an eine Gruppe von Kleinkindern denke, die alle um mich herumwuseln, und ich müsste die alleinige Verantwortung tragen, dann stelle ich mir das sehr stressig und anstrengend vor", bemerkte Benjamin zweifelnd und dachte dabei an seinen Kindergarten während seines Freiwilligen Sozialen Jahrs. „Unsere Erzieherinnen sind ziemlich gestresst."

„Ja, anstrengend ist es. Aber es ist auch schön. Du wirst sehen. Sie geben dir auch viel zurück."

Dann erklärte sie, wie informativ und auch kreativ die Ausbildung war. Und welche Ausbildungsmodelle es gab, zwischen denen er wählen konnte.

Aufstiegschancen gab es eher wenige. Er könne irgendwann eine Kindergartenleitung übernehmen oder in die Ausbildung gehen, meinte sie. Aber für sie kam das nicht infrage.

Dann erzählte sie von einigen schönen Momenten im Kindergarten, an die sie sich erinnerte, und er erklärte, warum er den Beruf überhaupt in Erwägung gezogen hatte. Es entstand ein schöner Austausch. Am Ende war Benjamin jedoch eher der Meinung, dass es vielleicht doch nicht das Rechte für ihn war. Er hatte früher den Beruf etwas romantisiert und verklärt gesehen, aber die Realität sah vielleicht anders aus. Die Erlebnisse in seinem Kindergarten empfand er eher als belastend. Er bedankte sich für ihr offenes Ohr und meinte, dass sie ihm mit ihrer Sicht der Dinge weitergeholfen habe.

Anschließend wechselte er das Thema: „Es war sehr nett von Esther, uns miteinander bekannt gemacht zu machen."

„Ja, das war es", stimmte sie ein und schaute ihn verlegen an. Eine Pause entstand. „Esther ist sehr nett und es ist immer schön, mit ihr auszugehen", redete sie schnell weiter. „Sie ist ein sehr angenehmer Mensch. Erst letztes Wochenende waren wir wieder im Musik-Park. Sie kennt wirklich viele Leute und ist gut vernetzt. Man kann sich auch sehr gut auf sie verlassen. Sie hält sich an Verabredungen, ist äußerst pünktlich und gut strukturiert. Gerade jetzt bin ich froh, sie als Freundin zu haben." Dann schaute sie sich um, beugte sich vor und sprach langsam weiter: „Aber alleine würde ich nicht mehr ausgehen, das kannst du mir glauben. Ich bin froh, dass sie immer dabei ist."

Benjamin fragte ungläubig nach, wieso sie nicht alleine ausgehen würde. „Was für Leute gehen denn in den Musik-Park? Ich meine, ist das gefährlich als Frau alleine Tanzen zu gehen?" Er lächelte.

„Und wie! Eine Frau ist ermordet worden! Und ich kannte sie auch noch!"

Benjamin horchte auf.

„Ja, ich kannte sie. Ich traf sie ein paarmal beim Tanzen. Elli war ihr Name. Man fand sie bei Untergrombach tot im Wald liegen. Man sagt, sie habe im Musik-Park etwas getrunken und wurde dann von einem Mann verschleppt. Er hat ihr schließlich die Kehle durchgeschnitten. Man darf niemandem mehr vertrauen."

„Wann war das?", wollte Benjamin wissen.

„Vor drei oder vier Wochen. Irgendein Irrer hat es auf Frauen, die nachts alleine unterwegs sind, abgesehen! Deshalb bin ich froh, dass Esther immer dabei ist."

„Wer hat dir das erzählt?"

Lara dachte nach. Es ging über mehrere Ecken. Wie genau sie zu Tode gekommen war, wusste sie nur vom Hörensagen. Aber es stimmte, die arme Elli war tot. Und in der Zeitung hatte es auch gestanden.

Benjamin dachte nach. „Wie war sie denn, diese Elli?", fragte er schließlich.

„Ach, sie war nett", urteilte sie. Dann konkretisierte Lara ihre Aussage: „Ich würde sagen sehr unscheinbar, eher gewöhnlich. Nichts Auffälliges oder so. Sie hatte ein durchschnittliches Gesicht und trug langweilige Klamotten. Wenn ich ehrlich bin, dann machte sie nicht viel aus ihrem Typ."

Nach einer Pause fügte sie hinzu: „Naja, jedenfalls ist es derzeit gefährlich als Frau alleine auszugehen. Ich möchte nicht die Nächste sein!"

8

„Ach Benjamin, ich habe so viele Gedanken im Kopf, ich komme gar nicht dazu, sie alle zu sortieren", las Benjamin im Tagebuch weiter. So ging es ihm auch, dachte er. Der Tag im Kindergarten war anstrengend gewesen. Er war alleine zu Hause, seine Eltern waren bei Freunden eingeladen. Er mixte sich ein Cola-Bier und legte sich auf sein Bett. Anschließend blätterte er das Tagebuch durch. Viele Seiten waren es nicht mehr, die er lesen konnte.

„Und der heutige Morgen trug nicht dazu bei, ein besseres Verständnis zu erlangen. Ich hatte in der Wohnung einen Kurzschluss, der offenbar durch ein gebrochenes Kabel verursacht wurde. Nichts funktionierte mehr. Ich wusste mir gar nicht mehr zu helfen! Da stieg ich die Treppe hinauf und bat Marco um Hilfe. Er musste erst später zur Arbeit und war so lieb, gleich mit mir mitzukommen. Es dauerte eine Weile, bis er das richtige Kabel und die kaputte Stelle gefunden hatte. Das der Kaffeemaschine war es. Er reparierte es fachmännisch, drückte die Sicherung wieder hinein und der Strom ging wieder. Ich würde in Zukunft keine Angst haben müssen. Das Kabel sei jetzt tadellos in Ordnung, meinte er.

Ich bot ihm natürlich gleich eine Tasse Kaffee an. Er setzte sich ins Esszimmer, während ich in der Küche den Kaffee zubereitete. Da hörte ich die Haustür und im Gang Schritte. Esther musste die Treppe heraufkommen. Mittwochs hatte sie früh Schule, dann eine lange Pause und erst am Nachmittag wieder Unterricht.

Ich öffnete die Tür und lud sie zu einer Tasse Kaffee zu mir ein. Sie bedankte sich, würde ihre Tasche noch rasch nach oben bringen und sich dann dazugesellen. Ich ließ die Tür einen Spalt breit offen und ging wieder zu Marco. Etwa zehn Minuten später saßen wir zu dritt am Tisch.

Marco bemerkte, dass ich in den letzten Wochen öfter und für längere Zeit aus dem Haus gewesen war. Es war auffällig, da niemand mehr kontrollierte, wer wann nach Hause käme, meinte er frech und lachte verschmitzt.

Dann wurde er ernst. Er mutmaßte, dass ich nicht aufgehört hätte mit meinen Nachforschungen. Ich nickte. ‚Aber das ist doch gefährlich!‘, sagte er. ‚Was, wenn Sie Recht haben, Nils ermordet wurde und Sie auf einen echten Mörder stoßen?‘

Nun, er wusste nicht, wie weit ich schon gegangen war. Und er hatte Recht. Irgendwer war Nils Mörder und vermutlich war ich ihm schon begegnet.

Ich entschied, den beiden etwas zu verraten. Nur ein bisschen und nicht zu viel, damit sie zufrieden waren: ‚Nils war ein Dieb, der andere erpresst hat‘, flüsterte ich.

Esther und Marco schauten sich besorgt an. ‚Was hat er denn gestohlen und wen um Himmels Willen hat er erpresst?‘, wollte Esther wissen.

‚Ältere, reiche Leute, die den Verlust jedoch in Kauf genommen hatten, ohne auf die Erpressung einzugehen.‘ Ich verriet keine Namen und auch nicht, um was für eine Diebesbeute es sich handelte. Ich war sicher außer Gefahr und es würde mir nichts zustoßen, sagte ich ihnen, sie bräuchten sich keine Sorgen zu machen. Es sei alles geklärt.

Ich stand auf und ging in die Küche, um noch Schokoladenkekse zu holen, die ich in einer Dose auf einem der Küchenschränke aufbewahrte. Da ich nicht auf die Leiter steigen wollte, bat ich kurzerhand Marco darum, sie mir herunterzuholen. Er tat es und ich bedankte mich bei ihm. Anschließend gingen wir zurück ins Esszimmer.

‚Sie sagen also, es ist alles vorbei?‘, wollte Esther wissen.

Ich nickte. Es sei vorbei und ich hätte alles erfahren, was ich wollte. Stille machte sich breit. Ich weiß nicht, ob sie zufrieden waren mit meiner Geschichte. Ich schaute beide an und dachte, dass sie sowieso nichts dagegen tun konnten, egal, was sie auch sagten. Ich brauchte keinen Schutzengel, der auf mich aufpasste. Zu gegebener Zeit würde ich zur Polizei gehen und der Mörder von Nils wäre gefasst. So stellte ich es mir vor.

Wir standen auf. Marco reichte mir die Hand mit den Worten: ‚Passen Sie gut auf sich auf!'

Esther umarmte und drückte mich zum Abschied. Dann verschwanden beide in ihren Wohnungen.

Mein Gott, Benjamin, ich bin vollkommen außer mir! Ich zittere jetzt noch am ganzen Körper!

Gleich nach dem Kaffeetrinken mit Esther und Marco bin ich nach Baden-Baden gefahren. Dort herrschte eine angespannte Stimmung. Als ich durch die große Glastür trat, sah ich, wie Herr Summer, Herr Heubuhler und Elisabeth von Rückert in ein Streitgespräch verwickelt waren. Beide Männer redeten auf sie ein. Ihre Stimmen waren eindringlich und ungewohnt scharf. Sie versuchte, sich zu verteidigen und stand buchstäblich mit dem Rücken zur Wand. Schließlich hörte man ihre ungewohnt harte Stimme: ‚Es ist mein Leben! Ihr könnt sagen, was ihr wollt! Ich mache, was ich will! Schluss damit!' Damit stieß sie Herrn Summer zu Seite, um sich den Weg frei zu machen. Sie sah mich, eilte jedoch mit einem erbosten Gesichtsausduck an mir vorbei den hinteren Flur entlang.

Ich ging zu den beiden aufgebrachten Männern. Auf die Frage, was los sei, antwortete Herr Summer kopfschüttelnd: ‚Sie kann doch nicht alles, was ihr Mann aufgebaut hat, einfach wegwerfen. Das darf sie nicht! Sie hat eine Verantwortung ihrer Tochter gegenüber. Und überdies muss sie sein Vermächtnis mit Ehrfurcht behandeln.' Herr Heubuhler stimmte mit ein und schüttelte ebenso den Kopf.

Ich verstand nicht genau, worauf sie hinauswollten. Herr Heubuhler verriet, dass ein bestimmter Besuch nicht gekommen sei, obwohl dieser und Frau von Rückert heute verabredet waren. Dies traf sie in einem Maße, das unverhältnismäßig war. Sie würde sich etwas vormachen und in ihm etwas sehen, das nicht der Realität entsprach.

Ich fragte: ‚Sprechen Sie von Sebastian von Wogen?'

Erstaunt hielten sie inne. Sie wussten nicht, dass ich bereits ins Vertrauen gezogen worden war. ‚Dieser Hochstapler!', stieß Herr Summer aus. ‚Einen Großteil ihres Geldes will sie ihm vermachen! Weil sie blind ist und sich etwas vormachen lässt!'

,Das muss verhindert werden', rief Herr Heubuhler. ,Mit lauter Lügen hat er sie um den Finger gewickelt!'

Ich fragte, wie sie darauf kämen, dass Sebastian von Wogen ein Hochstapler sei?

Da sah mich Herr Summer an und meinte: ,Nichts konnte ich über ihn herausfinden. Es gibt keinerlei Informationen über ihn, weder über seine Familie noch über eine angeblich rentable Firma. Er scheint ein Phantom zu sein, das im realen Leben nicht existiert! Nur in Elisabeths Gedankenwelt scheint das nichts zu bedeuten!'

,Meinen Sie, sie sieht in ihm mehr als nur einen Freund? Hegt sie romantische Gefühle für ihn?', fragte ich.

Herr Summer atmete tief ein. Davon ginge er aus, meinte er schließlich nach einer Pause.

Ich sah beide an. Ihnen missfiel der Gedanke, das ahnte ich. Daraufhin ließ ich eine provokante Bemerkung fallen: ,Vielleicht ist er heute nicht erschienen, weil er nicht kommen konnte? Vielleicht, weil ihm etwas zugestoßen ist?' Die Reaktion war bemerkenswert. Beide verstummten für einen kurzen Moment. Herr

Heubuhlers Gesichtsausdruck wurde finster. Auch Herr Summer kniff nachdenklich die Augen zusammen.

Was ich damit andeuten wolle, fragte Herr Summer herausfordernd. Ich zuckte mit den Schultern und meinte: ‚Es würde zumindest manche Probleme lösen.'

Wieder empörten sie sich. Dieses Mal wegen meiner unhöflichen Andeutung, sie beide könnten etwas damit zu tun haben. Ich ließ sie stehen und setzte mich wie gewohnt an meinen üblichen Platz. Herr Summer und Herr Heubuhler gingen an die Bar und bestellten sich etwas Hochprozentiges zu trinken.

Plötzlich konnte man Mias verzweifelte Stimme aus dem Essenssalon hören: 'Wie konntest du mir das antun?! Vor all den Leuten? Ich bin kein kleines Kind mehr, das du maßregeln kannst, wie du willst!' Dann hörte man ein Poltern und anschließend ein lautes Scheppern, als ob Teller zerschlagen wurden. Rene schrie: ‚Bist du verrückt geworden?!'

Die Tür öffnete sich ruckartig. Mia rannte aus dem Salon in die Halle. Rene rannte hinterher, packte sie von hinten und drehte sie um: ‚Das tust du nicht noch einmal! Sonst kannst du was erleben!'

Sie spukte ihn an: ‚Mistkerl! Verschwinde! Verpiss' dich aus meinem Leben!' Daraufhin schlug er ihr ins Gesicht. Sie schrie auf. Er ließ sie los und sie fiel weinend zu

Boden. ‚Wenn ich dir sage, dass du mir zu gehorchen hast‘, polterte er, ‚dann tust du das gefälligst auch! Ich dulde keine Widerrede! Von niemanden und schon gar nicht von dir!‘

Schnellen Schrittes verließ er die Halle. Mia saß weinend auf dem Boden. Wie konnte er ihr das antun, jammerte sie, sie zu bevormunden, ihr ständig den Mund zu verbieten und sie wie ein kleines, unmündiges Kind zu behandeln!

Herr Summer und Herr Heubuhler tranken aus, taten so, als ob der Streit nicht stattgefunden habe, und verließen die Halle auf getrennten Wegen.

Ich ging zu Mia, half ihr auf und führte sie an die frische Luft in den Garten. Sichtlich getroffen legte sie ihren Kopf auf meine Schulter. Nachdem wir uns auf eine Gartenbank gesetzt hatten, schüttete sie mir ihr Herz aus. Sie hatte sich in Rene getäuscht. Aus der kurz anhaltenden Verliebtheit wurde schnell ein nicht enden wollender Kampf um Anerkennung, Akzeptanz und Zuneigung. Er verhielt sich ihr gegenüber aggressiv und dominant und sah in ihr nur noch die Geldbringerin, ohne die er sein mondänes Leben nicht finanzieren konnte. Ihre Mutter mochte ihn, was sie nicht verstehen konnte, und so war es ihr nicht möglich, sich von ihm zu trennen. Mia war verzweifelt, weil sie keine Chance sah, aus der Situation ausbrechen zu können.

Ich hatte keine Idee, wie ich ihr weiterhelfen konnte. Ich saß da und hörte ihren Erzählungen zu. Sie tat mir unendlich leid. Aber sie musste sich alleine befreien, da konnte ihr niemand helfen.

Da hatte ich einen Einfall. Ich bot ihr einen Schluck meiner Medizin an. Es würde sie beruhigen, meinte ich. Ich wusste ja, dass sie dafür empfänglich war. Ich griff an meine linke Seite und erschrak. Wo hatte ich meine Tasche? Sie war verschwunden! Ich musste sie während des Tumults in der Halle liegen gelassen haben.

Schnell eilte ich hinein und zum Glück stand sie noch dort. Ich nahm sie, zog das Fläschchen heraus und lief zu Mia in den Garten. Mia solle einen großen Schluck davon nehmen. Sie nickte dankend und setzte das Fläschchen an.

Da zuckte ihr Körper zusammen. Sie ließ das Fläschchen fallen. Ihre Augen weiteten sich und sie begann nach Luft zu ringen. Sie fasste sich an die Kehle, röchelte und sackte schließlich in sich zusammen. Es ging alles ganz schnell. Ich konnte es gar nicht fassen! Ich schrie vollkommen hysterisch ihren Namen und rüttelte sie. Doch vergebens, sie war tot! Es dauerte, bis jemand mein Schreien hörte und zu mir kam. Ich hauchte: ‚Sie ist tot … sie ist tot …‘ Voller Entsetzen rannte die Person fort. Dann kamen andere und schließlich auch die Familie. Ich versuchte vollkommen fassungslos und stotternd das Unfassbare zu erklären. Herr Summer nahm mich schützend zur Seite, da alle auf mich einredeten. Frau von Rückert stand da, wurde ganz still und sagte nichts.

Der Schock saß tief.

Jemand musste in der Zwischenzeit den Notarzt und die Polizei gerufen haben. Mias Tod wurde festgestellt. Sofort wurde ich von den Polizeibeamten ins Verhör genommen.

Ich musste genau erklären, was sich im Einzelnen zugetragen und in welchem Verhältnis ich zu Mia gestanden hatte. Die Frage, welche Vorteile mir der Tod gebracht haben würde, schockierte mich zutiefst. Sie nahmen wohl an, ich hätte Mia absichtlich vergiftet. Es war im Übrigen Zyankali, das meiner Medizin beigemischt worden war. Sie sagten, der Inhalt meines Fläschchens roch nach Bittermandeln.

Ich versuchte ihnen zu erklären, dass ich überhaupt nicht von ihrem Tod profitieren würde. Es war vollkommen undenkbar, dass ich sie vergiften wollte und dies so plump getan hätte.

Sie ließen vorerst ab von mir und befragten die übrigen Familienmitglieder und Freunde der Familie. Zwei lange Stunden musste ich warten. In dieser Zeit wurde der Tatort akribisch nach Spuren abgesucht, alles abfotografiert und schließlich Mias Leiche fortgetragen.

Irgendwann wendeten sich die Polizeibeamten wieder mir zu. Sie wollten nun genau wissen, wo meine Tasche während des Streits gestanden und wer alles Zugriff darauf gehabt hatte. Offenbar verfolgten sie nun einen anderen Ansatz. Ich überlegte. Die Tasche war gut eine Viertelstunde ohne Aufsicht dagestanden, berichtete ich wahrheitsgemäß. Jeder hätte das Zyankali hinein kippen können, meinte ich. Jeder, der an diesem Tag im Club war.

Der Gedanke war für mich niederschmetternd. Womöglich war es eine grausame Verwechslung gewesen? Nicht Mia hätte sterben sollen, sondern der Anschlag könnte mir gegolten haben! Ich blickte mich um und sah in fragende Gesichter.

Ich solle nun bei den Kollegen meine Personalien angeben und mich für weitere Fragen bereithalten. Dann durfte ich nach Hause gehen.

Die Fahrt über zitterte ich am gesamten Körper. Wenn es stimmte, dann war ich heute nur knapp dem Tod entronnen."

Benjamin war entsetzt. Jemand wollte seine Großmutter mundtot machen, da war er sich sicher. Sie hätte sich spätestens jetzt einem Polizisten anvertrauen müssen! Ihn schauderte. Voller Besorgnis las er weiter.

„Lieber Benjamin. Die Nacht war schrecklich. Ich bin zu weit gegangen und habe Angst. Ich werde nicht noch einmal in diesen Club fahren. Es ist genug! Ich werde mein Leben nicht weiter aufs Spiel setzten.

Mein Fläschchen durfte ich gestern Abend nicht mitnehmen. Das beschlagnahmte die Polizei. Wie gut, dass ich hier zu Hause noch ein weiteres besitze. Es ist zwar nicht so wertvoll, dennoch erfüllt es seinen Zweck.

Heute werde ich versuchen, das Gewesene zu verdrängen, mich um mein Haus zu kümmern und all das zu machen, was an Arbeit liegen geblieben ist. Alltag ist jetzt genau das, was ich brauche. Vielleicht werde ich, wenn ich den Mut dazu finde, morgen zur Polizei gehen um all das, was ich dir aufgeschrieben habe, zu berichten. Lieber Benjamin, soweit für heute. Morgen mehr."

Damit endete Erikas Tagebuch. Es waren die letzten Zeilen seiner Großmutter gewesen. Die restlichen Seiten waren unbeschrieben. Benjamin legte das Tagebuch beiseite und starrte traurig vor sich hin. Dieser Tag musste jener Tag gewesen sein, an dem seine Großmutter am Abend die Treppe hinuntergestürzt war.

# 9

In dieser Nacht konnte Benjamin nicht gut schlafen. Er wälzte sich in seinem Bett herum und dachte unentwegt an die Geschehnisse, die seine Großmutter so detailliert aufgeschrieben hatte. Er musste etwas unternehmen, davon war er überzeugt. Unmöglich konnte er die Morde an Nils, seiner Großmutter und Mia auf sich beruhen lassen. Denn für ihn waren es ganz sicher Morde gewesen. Vielleicht war er der Einzige, der diese aufklären konnte? Er trug eine große Verantwortung, dachte er. Die Polizei kannte all die Zusammenhänge nicht, die er kannte. Sie wussten nichts von den Diebstählen und den Erpressungen im Club oder dem Beziehungsgeflecht um Nils und Elisabeth von Rückert. Vielleicht waren die Untersuchungsverfahren bereits eingestellt worden mit dem falschen Ergebnis, Nils hätte Suizid begangen und seine Großmutter sei aus Versehen die Treppe hinuntergefallen? Das durfte nicht sein!

Es gab nun zwei Möglichkeiten: Entweder ging er jetzt zur Polizei oder er würde auf eigene Faust versuchen, weitere Zusammenhänge herauszubekommen und stichhaltige Beweise für jemandes Schuld zu finden. Diese Entscheidung quälte ihn. Wieder wälzte er sich hin und her. Was war für ihn der richtige Weg?

Eine Antwort darauf zu finden war schwierig. Wenn er weiterforschen würde, wäre das sehr mutig. Aber wäre es nicht auch zu gefährlich oder gar fahrlässig? Würde er ebenso sein Leben aufs Spiel setzen, so wie seine Großmutter es getan hatte? Aber wenn es gut ginge, er achtsam wäre und sich früh genug der Polizei anvertraute? Es wäre für ihn sicher befriedigend, wenn er der Polizei seine Beweggründe offenlegen könnte und zwar zu einem Zeitpunkt, zu dem er selbst Klarheit erhalten hätte. Der Täter wäre durch ihn gefasst!

Ja, der Gedanke gefiel ihm. Ihm, der Kriminalistik studieren wollte.

So gesehen schien es, als hätte er seine Entscheidung bereits getroffen. Die Antwort lag klar vor ihm. Er konnte nicht anders. Den Weg, den seine Großmutter eingeschlagen hatte, würde er weiter gehen. Auch wenn dieser sehr gefährlich war.

Mit einem Gefühl der Ungewissheit schlief er schließlich ein.

Am nächsten Morgen eröffnete er seinen Eltern beim Frühstück, sein Freiwilliges Soziales Jahr abbrechen zu wollen. Er sei vom Wunsch abgekommen, den Beruf des Erziehers zu erlernen. Vielmehr trieb ihn der Gedanke um, im kommenden Semester mit einem Studium zu beginnen.

„Du hast einen Vertrag, den du erfüllen musst", wandte Barbara ein. „Du kannst nicht einfach fernbleiben von heute auf morgen. Wie stellst du dir das vor?"

In der Tat hatte Benjamin über diesen Umstand nicht weiter nachgedacht. Er war noch in der Probezeit, hatte aber auch da eine Kündigungsfrist von zwei Wochen einzuhalten.

„Jedenfalls brauche ich meine Ruhe", entschied Benjamin. „Nicht erst irgendwann, in ein paar Wochen, sondern jetzt." Nach einer Pause fügte er hinzu: „Ich möchte gerne raus aus Ulm, raus aus meinem Alltag und ein paar Tage in Bruchsal verbringen. Könnte ich in Omas Wohnung schlafen?"

Barbara sah Stefan besorgt an. Dann wandte sie sich an Benjamin: „Also, was ist denn eigentlich los mit dir? Seit Omas Tod bist du wie verändert. Du bist in dich gekehrt, sprichst nicht mit uns. Dein Verhalten gibt uns Rätsel auf. Willst alles über den Haufen werfen, was du dir aufgebaut hast. Dir hat die Arbeit im Kindergarten doch Spaß gemacht?"

Benjamin sagte nichts.

„Was willst du denn sonst machen? Hast du irgendeine Idee, was einmal aus dir werden soll?"

„Ich möchte Kriminalistik studieren. Ich bin mir sicher, dass es das ist, was ich will."

Barbara zögerte. Sie wollte auf keinen Fall, dass er zur Polizei geht. Sie empfand diesen Beruf als zu hart und zu gefährlich. Vorsichtig fragte sie: „Hat das was mit Omas Tod zu tun? Es war ein Unfall und kein Verbrechen. Solche Dinge passieren."

Benjamin schaute in ihre fragenden Augen. Sie würden ihn nicht verstehen, auch wenn er ihnen alles aus Großmutters Tagebuch erzählen würde. Sie würden es ihm verbieten oder zumindest versuchen, es ihm auszureden, und umgehend die Polizei verständigen.

„Ich gehe morgen zum Arzt und lasse mich für ein oder zwei Wochen krankschreiben. Dann überlege ich, ob ich zurück in den Kindergarten gehe oder kündige. Darf ich jetzt in Omas Wohnung schlafen oder nicht?"

„Nur, wenn du uns erzählst, warum du ausgerechnet dorthin willst", mischte sich jetzt sein Vater Stefan ein.

Benjamin musste sich in Windeseile eine plausible Erklärung ausdenken. Da hatte er einen guten Einfall. Mit gespielter Begeisterung sprach er: „Ich war doch vor ein paar Tagen in Bruchsal. Dort habe ich Esther getroffen, die mir eine Freundin von sich vorgestellt hat: Lara heißt sie. Sie ist eine junge attraktive Frau, wie ich finde. Wir waren zusammen Kaffeetrinken und haben uns sehr gut verstanden. Ich mag sie sehr und würde gerne mehr Zeit mit ihr verbringen."

Barbara setzte sich aufrecht hin. Es war das erste Mal, dass er ihnen gegenüber von seinen Gefühlen zu einer Frau erzählte.

„Das kann nicht warten. Jedenfalls nicht so lange, bis die Kündigungsfrist vorbei ist. Ich will sie richtig kennenlernen. Vielleicht mag sie mich ja."

Ein Lächeln erschien auf Barbaras Lippen. Benjamin holte sein Handy heraus und öffnete seine Kontaktliste. Dort war ein Bild von Lara hinterlegt. Um seine Geschichte glaubhaft zu machen, zeigte er stolz ihr Bild: „Das ist sie."

Barbara und Stefan schauten sich das Bild an und nickten lächelnd. Dann sprach Benjamin weiter: „Mit Omas Tod hat das alles nichts zu tun, da könnt ihr beruhigt sein. Ich meine, getroffen hat mich das alles schon. Und ich bin immer noch sehr traurig. Aber kein Grund, sich Sorgen zu machen. Das mit dem Studium gerade eben war nur vorgeschoben. Ich wollte euch ursprünglich noch nichts von Lara und mir erzählen und habe einfach nur einen Grund gesucht, jetzt den Job unterbrechen zu können. Sowas kann nicht warten, ihr versteht doch? Also, darf ich nun nach Bruchsal fahren und in Omas Wohnung wohnen?"

Barbara nickte. „Na gut", willigte sie ein. „Sagen wir, du meldest dich für eine Woche krank. Dann sehen wir weiter. Mir wäre schon wichtig, dass du das Freiwillige Soziale Jahr auch durchhältst."

Benjamin bedankte sich. Eine Woche ist besser als nichts. Vielleicht würde er genug Informationen zusammentragen können.


Benjamin hatte Glück. Sein Hausarzt hatte Verständnis für die stressige Situation in seinem Kindergarten, die Benjamin nicht mehr zur Ruhe kommen ließ. Er verordnete ihm Baldriandragees und bestimmte Tees zur Entspannung. Im Hinausgehen legte er ihm dringend ans Herz, doch einen anderen Beruf ins Auge zu fassen, wenn ihn der Alltag im Kindergarten schon jetzt dermaßen belasten würde. Benjamin bedankte sich für sein Verständnis und verließ die Praxis.

Leicht war es ihm nicht gefallen, seinen Arzt zu belügen. Doch hatte er jetzt seine Krankmeldung und würde Zeit haben, sich mit den ungeklärten Fragen beschäftigen zu können.

Nachdem der Koffer gepackt und alles Organisatorische mit seinen Eltern besprochen war, machte er sich auf den Weg nach Bruchsal.

Dort angekommen, betrat er die Wohnung seiner Großmutter. Er öffnete die Fenster und ließ frische Luft hinein. Anschließend stellte er am Sicherungskasten den Strom an und blies sein Luftbett auf. Im Schlafzimmer wollte er auf keinen Fall schlafen, überlegte er. Deshalb richtete er sich im Wohnzimmer ein.

Still war es hier. Auch von der Straße her drang kein Geräusch in die Wohnung. Da saß er nun und wusste nicht recht, womit er anfangen sollte. Es gab viele unbeantwortete Fragen, die ihn umtrieben. Auch Marco und Esther wollte er sprechen. Doch diese schienen noch nicht zu Hause zu sein.

Da entschied er, sich zunächst um sein leibliches Wohl zu kümmern und einkaufen zu gehen.

Als Benjamin vollbepackt wieder zurückkam, sah er, wie Marco gerade sein Fahrrad abstellte. Dieser sah ihn kommen und schaute überrascht: „Hallo Benjamin, wo kommst du denn her? Warte, ich helfe dir mit den Taschen."

Marco nahm ihm eine der Einkaufstaschen ab und schloss die Haustür auf.

„Ich dachte, ich komme ein paar Tage hierher, um auszuspannen", erklärte Benjamin. „Omas Wohnung steht ja leer und solange das Haus nicht verkauft ist, bietet sich das an."

Marco nickte. „Ja, das ist eine gute Idee. Schön, dass du da bist!"

Sie stiegen die Treppe hoch und blieben im ersten Stock vor Benjamins Tür stehen.

„Wenn du Lust hast, dann komm doch später mal zu mir. Wir können ein bisschen quatschen, was es alles in Bruchsal zu erkunden gibt. Wenn Esther Zeit hat, ist sie gerne eingeladen."

„Klar, ich schaue später vorbei." Marco reichte ihm die Tasche, verabschiedete sich und stieg die Treppe hinauf in den zweiten Stock. Benjamin verstaute seine Einkäufe, kochte Kaffee, den er in einer Thermoskanne warmhielt und setzte sich mit einem Brot in Großmutters Ohrensessel.

Mit Hilfe seines Laptops googelte er schließlich die Adresse des Clubs La Rose in Baden-Baden. Den wollte er morgen aufsuchen. Ob Frau von Rückert und ihr gesamter Anhang noch dort logieren würde, fragte er sich. Wie genau er es anstellen wollte sie anzusprechen, wusste er noch nicht. Gerade als er dabei war, sich eine falsche Identität auszudenken, klingelte es.

Es waren Marco und Esther, die mit einer Packung Kekse vor der Tür standen. Benjamin bat sie hinein und wenig später saßen sie am Esszimmertisch und tranken Kaffee.

„Ich habe mich mit Lara getroffen. Letztens, vor ein paar Tagen", meinte Benjamin.

„Ja, ich weiß", bestätigte Esther. „Sie hat es mir erzählt. Es hat ihr gut gefallen, sagte sie."

Benjamin nickte. „Sie ist sehr nett. Und sie konnte mir weiterhelfen, was meinen Berufswunsch anbelangt. Ich werde wohl nicht den Beruf des Erziehers erlernen. Die Begeisterung, die Lara hat, habe ich einfach nicht. Und ich denke, die braucht man dafür."

„Da hast du wahrscheinlich Recht. Vielleicht trefft ihr euch ja wieder?", schmunzelte Esther.

„Ja, vielleicht. Sie ist eine attraktive Frau." Benjamin nippte an seinem Kaffee.

„Ich werde ihr sagen, dass du hier in Bruchsal bist." Esther nahm ihr Handy in die Hand und öffnete den Chat mit Lara.

„Nicht doch", unterbrach sie Benjamin. „Ich werde mich selbst bei ihr melden. Wie schaut das denn aus, wenn du mich ankündigst!"

„Meinetwegen." Esther schloss den Chat und legte ihr Handy lächelnd beiseite. Eine Pause entstand.

„Was ich euch unbedingt fragen wollte", begann Benjamin ernst. „Warum habt ihr mir nichts erzählt? Nach dem Leichenschmaus. Ihr wisst schon, als wir uns draußen vor dem Restaurant getroffen hatten."

Marco stutzte. „Was meinst du? Worüber hätten wir etwas sagen sollen?"

„Na ja, kam euch der Tod meiner Großmutter nicht seltsam vor? Sie soll von alleine die Treppe hinuntergestürzt sein? Mit ihrer Vorgeschichte?"

Marco stutzte. „Es muss ein Unfall gewesen sein. Vielleicht hatte sie zu viel getrunken. Niemand war im Haus, als es passierte. Ich hatte mich gerade mit Freunden getroffen und du, Esther, bist zu einer Party nach Obergrombach gefahren, stimmt's?"

Esther bestätigte es. Ihre Freundin Lara war auch auf der besagten Party.

„Aber ihr wusstet doch", beharrte Benjamin, „dass ihr Nils' angeblicher Suizid seltsam vorkam. Und sie Nachforschungen angestellt hatte."

„Ja, sie war zwei Mal bei mir, wegen irgendeines Namens, über den ich Informationen herausfinden sollte. Sie hatte ihn in Nils' Klamotten gefunden. Und ich sollte einen Club in Baden-Baden ausfindig machen."

„Kam euch das nicht seltsam vor?"

„Wir machten uns natürlich Sorgen um sie", sagte Esther. „Wenn es denn wahr gewesen wäre, dass etwas mit Nils' Tod nicht stimmte, dann wäre das sicher gefährlich gewesen."

„Genau, das ist der Punkt", nickte Benjamin.

„Außerdem sagte sie etwas von Erpressung und Diebstahl", erinnerte sich Esther. „Nils sei ein Dieb und Erpresser gewesen. So etwas sagte sie. Einfach unglaublich!"

„Also", fragte Benjamin erneut, „warum habt ihr nicht mit mir gesprochen?"

Esther schaute Marco an. „Warum? Weil wir nicht sicher waren, ganz einfach. Es hätte vielleicht kein Unfall sein können, richtig. Aber wie sollte das passiert sein? Es war niemand da, wie Marco eben sagte. Also musste sie unbeabsichtigt die Treppe hinuntergestürzt sein."

„Außerdem wollten wir keine schlafenden Hunde wecken", bemerkte Marco. „Wer weiß schon, was von ihrem Gerede alles gestimmt hat und was nicht? Lieber den Ball flach halten und sich nicht einmischen. Das war schon immer meine Devise. Sie war schon eine redselige alte Dame. Vielleicht hatte sie sich das alles nur ausgedacht? Tut mir leid, wenn ich das sage. Und wenn es tatsächlich Mord war, dann würde es die Polizei schon herausfinden. Das dachte ich."

Benjamin nickte und trank einen Schluck Kaffee.

„An dem Tag, als es passierte", fragte er anschließend weiter, „habt ihr sie gesehen?"

„Du meinst tagsüber?", hakte Esther nach. „Bevor es am Abend passierte?"

Benjamin nickte.

Esther überlegte. „Ja, am Nachmittag habe ich sie getroffen. Sie war irgendwie unruhig und aufgewühlt. Deshalb würde sie heute Hausarbeit machen, sagte sie. Wäsche waschen und all das, was liegengeblieben sei. Ich erinnere mich genau. Sie war blass und redete wirres Zeug."

Dann schaute sie zu Marco hinüber, aber dieser schüttelte den Kopf. Er habe sie nicht gesehen. Erst am nächsten Morgen, als er in den Keller ging und sie tot unterhalb der Treppe lag.

„Woher weißt du eigentlich davon?", fragte Esther.

„Ich war mit meiner Oma in regem Austausch", erklärte Benjamin. „Ich weiß alles, was sie in den letzten Wochen erlebt hat."

„Wenn es der Wahrheit entspricht", bemerkte Esther. „Bist du deswegen hier?"

„Nein", log Benjamin. „Es interessiert mich einfach nur, was ihr darüber denkt. Und ob ihr glaubt, dass es tatsächlich wahr ist."

Marco schaute Esther fragend an. Sie konnten Benjamin keine zufriedenstellende Antwort geben.

„Ich brauche nur eine Auszeit", lächelte Benjamin schließlich charmant. „Und ich will Lara wieder treffen."

10

Gegen Mittag stand Benjamin vor der gläsernen Tür des Clubs La Rose in Baden-Baden. Als er in die Halle trat, war es genau so, wie es seine Großmutter beschrieben hatte. Hinter der Bar arbeitete emsig der südländisch aussehende Barkeeper, daneben standen die weißen Ledersofas und die Tische mit den modernen Stühlen, auf denen seine Großmutter oftmals gesessen hatte. Die an den Wänden angebrachten Spiegel vergrößerten optisch den Raum. Überall glitzerte und glänzte es.

Unsicher setzte er sich an die Bar und bestellte sich einen Kaffee. Viele Leute kamen und verließen die Halle, ließen sich nieder und redeten miteinander. Wie sollte er je herausfinden, wer Elisabeth von Rückert war oder wer zu ihrer Gefolgschaft gehörte? Er hatte keine Vorstellung, kein Bild von den gesuchten Personen. Jedes Mal, wenn eine ältere Dame eintrat, dachte er, sie könne es sein. Er nahm seinen Mut zusammen und sprach alle in Frage kommenden Frauen an, doch sie waren es nicht und kannten auch niemanden mit diesem Namen. Außer verwunderten Blicken und misstrauischen Fragen hatten seine Bemühungen nichts eingebracht.

Etwa zwei Stunden und zwei weitere Tassen Kaffee später, betrat ein einzelner Mann die Halle. Er setzte sich neben Benjamin an die Bar. Nachdem er sich einen Whisky bestellt hatte, nahm er sein Handy und wählte eine Nummer. Er stützte seinen Kopf mit der linken Hand auf, während er auf eine Mailbox sprach: „Elisabeth, bitte melde dich bei mir. Rufe mich einfach nur zurück. Ich brauche dich. Danke."

Anschließend kippte er den Whisky in einem Zug hinunter. Benjamin war hellwach. Er fragte vorsichtig: „Herr Summer? Sind Sie Herr Kirk Summer?"

Dieser drehte seinen Kopf und fragte: „Ja bitte? Wer sind Sie?" Seine abfälligen Blicke musterten Benjamin.

„Sie kannten meine Großmutter", begann Benjamin. „Sie hatte sich Ihnen als Josephine Holst vorgestellt."

Herr Summer wandte sich ihm zu: „Ach, sieh an. Die Frau, die sich unter falschem Namen hier eingeschlichen hat? Wie heißt sie noch gleich mit richtigem Namen? Erika Hammel?"

„Hummele", berichtigte Benjamin.

„Richtig, Hummele. Die Polizei sagte es. Sie steht unter Mordverdacht, die arme Mia von Rückert vergiftet zu haben. Hat sie nun ihren Spitzel geschickt? Traut sie sich nicht mehr hierher? Oder hat sie die Polizei schon hinter Gitter gebracht?"

Benjamin schluckte. „Sie ist tot."

Herr Summer hob die Brauen. „Tot?", wiederholte er.

„Sie wurde die Treppe hinuntergestoßen."

„Oh. Das muss aber erst vor Kurzem gewesen sein", dachte Herr Summer laut nach. „Vor knapp drei Wochen war sie noch hier." Nach einer Pause fügte er an: „Wer hat sie gestoßen?"

„Ich nehme an, jemand, der auch versucht hat, sie hier zu vergiften", erklärte Benjamin.

„Also galt der Giftanschlag Ihrer Meinung nach tatsächlich ihr? So wie sie es behauptet hatte. Ich hätte es nicht für möglich gehalten." Er schüttelte den Kopf und bestellte sich daraufhin einen zweiten Whisky. Anschließend erklärte er: „Ich mochte sie anfangs. Ja, war eine angenehme Gesprächspartnerin. Hatte Charisma und war intelligent. Hielt sie allerdings später nach dem Giftmord für eine Lügnerin, die irgendetwas im Schilde führte. So wie alle, die sich im Laufe der Zeit an Elisabeth von Rückert ranmachten. Sie war nicht die einzige gewesen, die es versucht und sich etwas erhofft hatte. Aber scheinbar habe ich mich getäuscht und sie sagte doch die Wahrheit. Tut mir leid."

„Meine Großmutter wollte kein Geld. Sie folgte den Spuren eines Mannes, den Sie unter dem Namen Sebastian von Wogen kennen."

„Das wird ja immer besser! ,Sebastian von Wogen', der Kerl ist ein Hochstapler! Gut, dass er sich seit Wochen nicht mehr blicken ließ. Er soll sich fern halten von uns und von Elisabeth von Rückert."

„Er wird nicht mehr herkommen können", meinte Benjamin, „denn auch er ist tot."

Herr Summer blickte erstaunt. „Auch tot? Sagen Sie, woher wissen Sie das alles? Und vor allem, warum erzählen Sie mir das? Hat das etwas mit uns hier zu tun?"

„Ich weiß es nicht." Benjamin hob fragend die Schultern. „Ich weiß es nicht."

„Was wollen Sie eigentlich von mir?", wollte Herr Summer in einem unangenehmen Ton wissen. „Sie haben mich doch hier bewusst abgepasst und angesprochen?"

Benjamin hielt seinem fragenden Blick stand und bat: „Sagen Sie mir, wie ich zu Elisabeth von Rückert Kontakt aufnehmen kann. Bitte, es ist sehr wichtig, dass ich mit ihr spreche."

Zurück in Bruchsal setzte sich Benjamin in den Ohrensessel, nahm sein Handy zur Hand und tippte eine Nummer ein, die er sich auf einem Zettel notiert hatte. Der Anruf ging durch. Es klingelte einige Male, dann wurde abgenommen. Benjamin hörte eine belegte Frauenstimme: „Ja bitte?"

„Guten Tag, spreche ich mit Frau von Rückert?"

Nach einer kurzen Pause hörte er: „Ja, das bin ich. Wer sind Sie?"

„Ich bin der Enkel von Erika Hummele, die Sie in Baden-Baden im Club La Rose kennengelernt haben."

Elisabeth von Rückert räusperte sich.

„Ja", sprach Frau von Rückert leise. „Ich mache ihr keine Vorwürfe. Sie trägt keine Schuld. Hat sie Sie vorgeschickt, um das herauszufinden?"

Benjamin schwieg.

„Ich konnte mich nicht von ihr verabschieden. Direkt nach dem Tod meiner Tochter bin ich wieder zurück in die Schweiz gereist. Ich glaube keine Minute daran, dass sie meine Mia vergiftet haben könnte. Sagen Sie ihr das. Wie geht es ihr?"

„Sie ist tot. Jemand hat sie die Treppe hinuntergestoßen."

Frau von Rückert wurde still. Dann sprach sie mit leiser Stimme weiter: „Dann war es wirklich so, wie sie befürchtet hatte. Der Giftanschlag hatte ihr gegolten. Es tut mir leid. Aber warum wollte jemand sie töten?"

„Weil sie auf der Spur ihres Untermieters war, Nils Hansmann", gab Benjamin an.

„Diesen Namen hatte mir Ihre Großmutter auch genannt. Ich kenne jedoch keinen Nils Hansmann."

„Er stellte sich Ihnen mit falschem Namen vor: Sebastian von Wogen. Dieser Name ist Ihnen ein Begriff, oder?"

Es entstand eine lange Pause.

„Hallo? Sind sie noch dran?", fragte Benjamin schließlich.

„Aber Sebastian ist solch ein netter, großzügiger, wohlhabender und charmanter Mann. Wie können er und dieser Untermieter ein und dieselbe Person sein? Ihre Großmutter sagte, er sei ein armer Mann?"

„Meine Großmutter hat ihn auf einem Bild erkannt, das Sie ihr gezeigt hatten. Nils Hansmann war ein Mann, der mit Hilfe geliehenen Geldes, feiner Kleidung und seinem Charme vorgab, ein anderer zu sein. Er wollte sich wahrscheinlich Ihre Gunst verdienen und sich an Ihnen bereichern oder zumindest einen Teil Ihres Vermögens abgreifen."

„Das kann nicht sein", zögerte Elisabeth von Rückert. Mit unsicherer Stimme fragte sie: „Sie sagen: ,war' ein Mann? Ich habe ihn lange nicht mehr gesehen und auch nichts mehr von ihm gehört. Ist ihm etwas zugestoßen?"

„Ja, auch er ist getötet worden. Das war jedenfalls die Vermutung meiner Großmutter."

Wieder wurde es still.

Nach einer langen Pause setzte Benjamin erneut an: „Sie wurden bestohlen?"

„Ja, das stimmt. Eine Kette wurde mir entwendet."

„Und auch erpresst?"

„Auch das stimmt. Ich habe einen Brief erhalten mit der Forderung, eine bestimmte Summe an einem Ort zu deponieren. Aber ich habe es nicht gemacht. Die Summe war unverhältnismäßig hoch. Ich habe es dabei belassen und Herrn Heubuhler, einen Freund, damit beauftragt, mir eine neue Kette herzustellen. Und mein Sebastian, oder dieser Nils, soll auch hinter dem Diebstahl und der Erpressung gesteckt haben?"

„So scheint es", gab Benjamin an. „Wissen Sie, ob im Club La Rose weitere Diebstähle stattgefunden haben?"

„Es gab eine Reihe von Diebstählen", erinnerte sich Frau von Rückert. „Jemand verschaffte sich mit einer Generalschlüsselkarte Zutritt zu mehreren Zimmern. Herr Summer wurde bestohlen, auch Herr Heubuhler traf es und noch einige weitere Gäste."

„Hatte jemand das geforderte Geld gezahlt?"

Frau von Rückert verneinte. „Niemand hat meines Wissens gezahlt, weil sie es nicht wollten oder vielleicht auch nicht konnten, wer weiß. Dass ich mich so blenden lassen konnte! Da hatte Kirk doch Recht und Vincent auch. Ich wollte ihnen nicht glauben. Ich konnte es nicht. Beinahe hätte ich ihm eine große Summe in bar gegeben."

„Wie gut, dass Sie es nicht getan haben."

Mit brüchiger Stimme bat Frau von Rückert: „Entschuldigen Sie bitte, aber ich möchte das Gespräch jetzt beenden. Es sind viele schreckliche Dinge passiert. Ich brauche Zeit, diese zu verarbeiten. Geben Sie mir Bescheid, wenn es etwas gibt, das ich für Sie tun kann." Dann legte sie auf.

Benjamin saß stumm im Ohrensessel und starrte vor sich hin. Er dachte lange über das nach, was sie eben gesagt hatte. Irgendetwas störte ihn, doch er wusste nicht, was. Dann wählte er eine weitere Nummer.

Gegen 22 Uhr war Benjamin mit Lara im Musik-Park verabredet. Vor der Halle standen unzählige junge Leute herum, die warteten und rauchten. Es war ein kalter Winterabend. Er lehnte an einem Zaun. Schließlich tippte ihm jemand von hinten auf die Schulter. Auf der anderen Seite des Zauns stand Lara, die ihn freudig begrüßte.

„Lass uns reingehen", forderte sie ihn auf. „Es ist kalt!"

Beide bezahlten am Eingang 15 Euro Eintritt. Danach gaben sie Ihre Jacken an der Garderobe ab.

Zielsicher lief Lara zu einem noch nicht belegten Sofa, das sich in einer der hinteren Ecken befand. Auf dem

Weg dorthin schaute sich Benjamin um. Es gab eine große Tanzfläche, die um diese Zeit noch leer war. Die in schwarz-rot gehaltenen Wände waren großzügig verspiegelt. Der große, verwinkelte Raum war abgedunkelt. Lichteffekte und Nebelmaschinen machten Stimmung zur laut dröhnenden Musik. Nachdem er sich zu ihr gesetzt hatte, schrie sie ihm ins Ohr: „Ich hol uns was zu trinken. Was möchtest du?"

„Eine Cola, danke dir!"

Daraufhin verließ sie ihn. An ein Gespräch war hier im Club nicht zu denken, dachte er. Man verstand fast sein eigenes Wort nicht.

Wenig später kam sie mit einer Flasche Cola und einem Flaschenbier zurück. Ihr Körper wippte zu den Beats der Musik. Stumm tranken beide ihr Getränk.

„Schön, dass du dich gemeldet hast! Esther sagte mir, dass du da bist!"

„Ich finde es auch schön!" Er lächelte sie an. Esther hatte es offenbar nicht lassen können und kam ihm zuvor. Dann ertönte ein Song, den Lara toll fand. Sie ergriff seine Hand und forderte ihn zum Tanzen auf. Davor trank sie ihre Flasche Bier in einem Zug aus und forderte ihn auf, es ihr gleich zu tun. Auf die Frage, warum er dies tun solle, meinte sie, dass es zu gefährlich wäre, ein offenes Getränk stehen zu lassen und später weiter zu trinken.

Lara tanzte lasziv. Ihr Körper schwang im Einklang der Musik, ihre Arme vollzogen ausladende Bewegungen. Ihre Schritte setzte sie gekonnt. Sie hatten viel Platz, da noch nicht viele tanzten. Dabei strahlte sie ihn an. Er versuchte, sich nicht zu blamieren. Tanzen war nicht unbedingt seine große Stärke. Unsicher blickte er sich dabei um. Sie kam während des Tanzens näher an ihn heran. Ihm wurde heiß.

Lara war in ihrem Element. Sie fühlte sich lebendig, frei und wohl, wie ein Fisch im Wasser. Nach einigen Songs, wurde die Tanzfläche voller, was ihn entspannter werden ließ. Auch er wurde freier und seine Bewegungen im Laufe des Abends flüssiger.

Die Zeit verging wie im Flug. Gesprochen wurde nicht viel. Es wurde gelacht, getanzt und ab und an ging man an die Bar, um etwas zu trinken. Die Stimmung war gut. Verflogen waren die Gedanken an die Morde und an seine Großmutter. Mit Lara verstand er sich ohne Worte. Es war ein Date, dass vollkommen zwanglos vonstattenging. Kein Taxieren, kein gezwungenes Gespräch. Sie lebten den Moment.

Gegen ein Uhr nachts vernahmen sie aus einer Ecke hinter der Bar Schreie. Einige Leute standen um eine

Person herum, die zusammengebrochen war und auf dem Boden lag. Benjamin und Lara drängelten sich durch die Stehenden hindurch, um der Person helfen zu können. Sie beugte sich über den Mann und überprüfte, ob der noch atmete. Er atmete, hatte aber das Bewusstsein verloren. Sofort gab sie Benjamin zu verstehen, dass er umgehend einen Krankenwagen rufen sollte. Dafür rannte er nach draußen, um dort den Notruf abzusetzen.

Etwa zehn Minuten später kam der Notarzt mit einem Krankenwagen. Die Musik wurde unterbrochen und ein grelles Licht angemacht. Der Bewusstlose wurde umgehend ärztlich versorgt, anschließend auf eine Trage gelegt und in den Krankenwagen transportiert. Zeitgleich wurden die umstehenden Leute von einem Sanitäter befragt. Eine Bekannte des Bewusstlosen sollte mit in die Notaufnahme fahren. Mit Blaulicht verließ der Wagen das Gelände.

Danach ging die Party weiter, als ob nichts geschehen wäre. Die Musik wurde aufgedreht und die Leute fingen wieder an zu tanzen. Auf die Frage, was eigentlich passiert sei, bekamen sie von den umstehenden Personen nur schwammige Antworten. Scheinbar hatte er irgendein Pulver in sein Getränk geschüttet und es getrunken.

Benjamin, der sichtlich aufgewühlt war, bat Lara, gemeinsam mit ihm den Club zu verlassen. Draußen meinte Lara beschwichtigend: „Das ist nichts Außergewöhnliches. Sowas passiert. Es war bestimmt ein Aufputschmittel, das der Mann geschluckt hatte. Aufputschmittel sind in der Szene gang und gäbe. Vielleicht hatte der Mann nur zu viel davon genommen?"

Lara kannte sich offensichtlich gut aus, dachte Benjamin. „Um welche Aufputschmittel geht es denn? Hast du auch schon mal sowas genommen?"

Lara überlegte.

„Ich selbst habe noch keines genommen. Aber Bekannte nehmen welche, damit sie die ganze Nacht durchtanzen können und nicht müde werden. Gefährlich ist das nicht wirklich. Man muss nur aufpassen und richtig dosieren. Du würdest dich wundern, wie viele Leute sowas nehmen."

„Ok", meinte er verblüfft. Da er sich in der Szene nicht aufhielt, konnte er mit solchen Substanzen nichts anfangen. Drogen allgemein lagen ihm fern.

„Oh Gott, nein! Hoffentlich waren es nur Aufputschmittel und nicht …", hauchte sie nach einer Pause plötzlich besorgt.

„Was meinst du damit?", wollte Benjamin wissen.

„Naja, es gibt ja noch andere, wirklich gefährliche Drogen. Und die Leute sprachen von einem Pulver, dass er sich in sein Getränk mischte. Aufputschmittel werden eher in Tablettenform eingenommen, wenn ich darüber nachdenke. In Bruchsal häuften sich in der letzten Zeit Fälle, bei denen junge Leute nach dem Drogenkonsum zusammengebrochen und sogar gestorben sind. Ich war selbst einmal dabei, als eine junge Frau tot auf einer Toilette gefunden wurde. Das war aber nicht hier, sondern im Heartbeat-Club. Man hörte etwas von einer neuen Partydroge. Die Polizei kam und beschlagnahmte irgendwelche Tütchen, die dort im Club versteckt waren."

„Erst in der letzten Zeit, sagst du?", fragte Benjamin nach. „Also eine Art von Droge, die neu auf den Markt gekommen ist und eine tödliche Wirkung hat?"

„Ja, vielleicht. Oder es gibt Dealer, die erst seit kurzem Bruchsal als Absatzmarkt für diese Droge entdeckt haben. Das könnte auch sein."

„Ist das allgemein bekannt in der Szene?"

„Das weiß ich nicht, ob das andere auch wissen. Ich war ja anwesend, als man die Frau fand. Daher weiß ich es. Außerdem erzählte es mir auch ein Bekannter hier aus dem Musik-Park. Er sprach etwas von einem ‚Weißen Tod‘, vor dem man sich in Acht nehmen solle.“

„Weißt du noch genaueres über diesen weißen Tod?“

„Nein, nichts.“

„Und wie gelangt man an diese Drogen?“, wollte Benjamin wissen.

„Anscheinend werden Substanzen, die hoch abhängig machen, nichts ahnenden Mädchen in die Getränke gekippt. Oder es werden Lockangebote gemacht und die schönsten Rauschzustände versprochen. Ich selbst hatte auch mal ein Tütchen neben meinem Cocktail liegen. Wer es dort hingelegt hatte, wusste ich nicht. Das kann sehr verlockend sein, wenn man dafür empfänglich ist. Und wenn man erstmal dabei ist, kann das einen schlimmen oder gar tödlichen Verlauf nehmen.“

Benjamin starrte Lara an.

„Deswegen bat ich dich, deine Cola vor dem Tanzen auszutrinken.“

„Verstehe. Ich danke dir.“ Benjamin war geschockt. Er, der nicht oft in Clubs ging, hatte keine Ahnung, dass es so leicht war, in die Drogenszene abzurutschen.

11

Benjamin saß alleine beim Frühstück. Der Vorfall gestern Abend im Musik-Park ließ ihm keine Ruhe. Es konnte für junge Leute, die einfach nur unbedarft eine schöne Zeit verbringen wollten, mitunter gefährlich sein. Lara selbst passte auf sich auf, da war er beruhigt. Aber wenn man an die falschen Leute geriet und Fremden vertraute? Die Geschichte der getöteten Frau, die Lara beim ersten Date erzählt hatte, stimmte ihn auch nachdenklich.

„Der weiße Tod", flüsterte Benjamin.

Seine Gedanken kreisten um das Tütchen mit dem weißen Pulver, das er in Nils' Teeschachtel gefunden hatte. Vorsichtig nahm er es aus einem Säckchen, worin er dessen Diebesbeute gepackt hatte. Er hielt es in der Hand und dachte nach. Zu gerne wüsste er, um was es sich dabei handelte.

Dann hatte er einen Einfall. Er nahm sein Handy und forschte im Internet. Anschließend beendete er sein Frühstück, zog sich an, steckte behutsam das Pulverbeutelchen in seine Tasche und verließ die Wohnung. Zu Fuß lief er in die Innenstadt von Bruchsal. In der Luisenstraße blieb er schließlich vor einem Eingang stehen. Er öffnete die Tür und stieg in den ersten Stock hinauf. Da stand er vor einer Tür mit der Aufschrift: ‚Sucht- und Drogenberatung Bruchsal'.

Langsam ging er hinein. Ein Mitarbeiter sprach ihn sogleich an. Nach einer freundlichen Begrüßung bat Benjamin, mit einem Berater sprechen zu können, der auf Partydrogen spezialisiert war. Der Mann führte ihn in ein Zimmer und gab an, dass gleich jemand kommen würde.

Benjamin schaute sich im Zimmer um. Es war in warmen Farbtönen gestrichen. Große Pflanzen und Bilder an den Wänden erzeugten ein gutes Raumklima. Hier fühlte man sich wohl.

Eine Frau kam herein und setzte sich ihm gegenüber. Sie stellte sich mit dem Namen Benz vor und reichte ihm die Hand. Danach forderte sie ihn auf, sein Anliegen vorzutragen.

Benjamin räusperte sich: „Gestern war ich alleine in einem Club tanzen, hier in Bruchsal", log er. „Musik-Park heißt er. Es war alles in allem ein schöner und ausgelassener Abend. Ich bin nur zu Besuch hier, wissen Sie? Ich wohne in Ulm und kenne mich hier in der Stadt nicht gut aus. Ich kenne auch nicht viele Leute hier. Ihre Adresse habe ich im Internet gefunden. Nun ja, ich bin hierhergekommen, weil mir gestern jemand ein Tütchen mit einem weißen Pulver neben mein Bier gelegt hat. Ich weiß nicht, wer es war, es lag einfach da. Ich wusste nicht, was ich tun sollte. Ich traute mich nicht, andere Leute anzusprechen, ob sie so etwas schon einmal gesehen hätten. Ich nahm das Tütchen und steckte es schnell in die Tasche. Ich bin überhaupt nicht der Typ, der sich etwas einwerfen oder ein Pulver auflösen und trinken würde. Vielleicht dachte jemand, ich sei leichte Beute oder labil. Schnell habe ich daraufhin den Musik-Park verlassen. Es hat mich meines Wissens niemand verfolgt."

„Haben Sie das Beutelchen mit dem Pulver noch?"

Benjamin nickte.

„Darf ich es einmal sehen?"

Benjamin griff in seine Jackentasche und gab es ihr.

Sie begutachtete es genau und hob es gegen das Licht. Anschließend öffnete sie das Tütchen und roch daran. Ihr Gesichtsausdruck wurde ernst. „Und Sie sind sicher, dass Sie dieses Päckchen gestern Abend zugesteckt bekommen haben?"

Benjamin nickte.

„Sie haben nicht gesehen, wer es war?"

Benjamin bestätigte ihre Frage.

„Gefolgt ist Ihnen niemand?", fragte sie ungläubig.

Er verneinte.

Sie schaute ihn lange an, als ob sie wartete, ob er von sich aus noch etwas erzählen wolle. Dabei legte sie behutsam das Beutelchen auf einen Beistelltisch.

„Sie haben Glück gehabt", sprach sie. „Glück, dass Sie es nicht eingenommen haben. Es handelt sich hierbei um eine neue synthetische Droge mit dem Namen Soe, vollständig ausgesprochen ‚Spirit of Energy'. Der Name klingt unbedenklich und erweckt den Anschein, dass es sich um eine Droge handelt, die lediglich eine leicht aufputschende Wirkung hat. Jedoch ist der Name trügerisch. Soe ist eine Substanz, die sehr schnell abhängig macht. Sie greift das Nervensystem an und führt bei mehrfachem Konsum unweigerlich zum Tod durch Kreislaufversagen." Sie machte eine Pause. Dann holte sie ein Dokument.

„In den letzten Wochen", sprach sie weiter, „haben wir hier in Bruchsal neun Todesfälle zu verzeichnen, die auf den Konsum von Soe zurückzuführen sind. Alles junge Leute, die in den Clubs rund um Bruchsal unterwegs waren. Wer diese Droge verabreicht und wer dahintersteckt, konnten wir noch nicht herausfinden. Dabei arbeiten wir eng mit der Polizei zusammen. Sie werden nichts dagegen haben, wenn wir Ihre Personalien festhalten und Ihren Bericht zu Protokoll nehmen?"

Benjamin holte seinen Ausweis aus dem Portemonnaie und überreichte ihn ihr.

„Sie bleiben bei Ihren Ausführungen?", fragte sie ihn.

Er nickte. Anschließend wiederholte er seine erfundene Geschichte, die von Frau Benz am Computer aufgeschrieben wurde.

Unweigerlich dachte er an Laras Erzählung von der jungen Frau, die auf der Toilette tot aufgefunden wurde. Sie war bestimmt auch daran gestorben. Es war Wahnsinn, in welcher Gefahr sich die Leute innerhalb der Szene befanden. Mit einem Mal könnte sich das Leben schlagartig ändern, wenn man nichtsahnend sein Getränk trank.

„Was geschieht mit den Dealern, wenn diese gefasst werden? Ich meine, das ist doch eine Straftat?"

„Wir wissen noch nicht, wer genau dahintersteckt. Diejenigen, die es verkaufen, sind meist nicht die Verantwortlichen. Aber durch sie könnten wir eventuell die großen Drogenbosse ausfindig machen. Natürlich müssen sie sich vor Gericht verantworten, das ist klar. Lange Haftstrafen warten. Das hängt natürlich von deren Mitarbeit ab. Einmal hatten wir einen Dealer gefasst. Auf dem Weg aus dem Club wurde er aus einem fahrenden Auto niedergeschossen."

Auf dem Weg nach Hause drehte sich Benjamin häufig um. Obwohl seine Geschichte über das Beutelchen erfunden war, fühlte er sich unwohl. Er hatte das undefinierbare Gefühl, beobachtet zu werden. Das Beutelchen musste er in der Sucht- und Drogenberatung zurücklassen. Es sollte der Polizei übergeben werden. Er atmete tief ein und versuchte sich zu beruhigen. Niemand wusste davon. Alles wäre in Ordnung und keiner würde ihm auf der Spur sein.

Da klingelte sein Handy. Es war seine Mutter Barbara am anderen Ende der Leitung: „Hallo Benjamin", sagte sie in einem aufgelösten Ton. „Eben war die Polizei bei uns. Sie sagten, dass Oma unter Mordverdacht gestanden hatte, eine junge Frau mit Zyankali vergiftet zu haben. Weißt du was davon? Das soll in Baden-Baden in irgendeinem noblen Club gewesen sein. Vor einigen Wochen. Sie bot einer Frau einen Schluck aus ihrem silbernen Fläschchen an, die daraufhin starb."

Benjamin verneinte.

„Sie fragten uns über eine Familie namens von Rückert aus. Aber der Name sagt uns gar nichts. Kennst du jemanden mit diesem Namen?"

Wieder verneinte Benjamin. Dabei fühlte er sich schuldig. Vielleicht sollte er seinen Eltern erklären, was er in den letzten Wochen herausgefunden hatte. Aber es fühlte sich noch nicht stimmig an. Und sie würden ihn davon abhalten weiterzumachen.

Gehetzt sprach Barbara weiter: „Irgendetwas hatte sie jedenfalls mit diesen von Rückerts zu tun. Pass auf: Da Oma am nächsten Tag die Treppe hinuntergestürzt war, denken sie jetzt, dass das Gift in der Flasche ursprünglich für sie selbst bestimmt war und dass der Treppensturz gezielt herbeigeführt wurde. Benjamin, ich musste unzählige Fragen beantworten! Das war ganz furchtbar! Weißt du etwas darüber? Hatte sie dir etwas erzählt? Wieso sollte jemand Oma töten wollen? Sie war doch eine normale, einfache Frau, die niemandem etwas zu Leide tat? Und was wollte sie in Baden-Baden? Das alles gibt uns Rätsel auf. Bitte, Benjamin, wenn du etwas weißt, dann gib uns Bescheid."

Benjamin sagte nichts. Irgendwann, wenn die Morde aufgeklärt wären, würden sie verstehen, warum er ihnen zu diesem Zeitpunkt noch nichts gesagt hatte. Das hoffte er zumindest. Denn er hatte auch Zweifel, da er sie bewusst belog.

„Ich weiß leider nichts", gab er schließlich an. „Tut mir leid, Mutter."

Nach einer Pause sagte sie: „Ok, mein Junge, ich verstehe. Pass' bitte auf dich auf!"

Benjamin legte auf. Er wunderte sich, warum die Polizei erst jetzt die Familie aufsuchte. Wochen nach dem Mord an Mia und dem Treppensturz. Vielleicht hatten sie erst andere Fährten verfolgt? Das wäre zumindest eine Erklärung.

Am späten Nachmittag stand er in Baden-Baden vor einem großen Altbau. An der Tür waren mehrere Messingschilder angebracht, auf denen zu lesen war, welche Büros sich im Inneren befanden. Er las: „Maklerbüro Rau und Honke, 3. OG".

Zuvor hatte er in der Tageszeitung alle Annoncen durchforstet, in denen Immobilien zum Kauf angeboten wurden. Die Makler Rau und Honke hatten mehrere Anzeigen geschaltet, deswegen fiel seine Wahl auf dieses Büro. Er klingelte. Die Tür wurde geöffnet und er stieg die Treppe in die dritte Etage hinauf.

Für diesen Besuch hatte Benjamin seine feinste Kleidung angezogen. Er hatte vor, sich als Interessent für ein Haus auszugeben. Geld würde keine Rolle spielen. Er hätte reiche Eltern. So zumindest war sein Plan.

Nach der Anmeldung sollte er noch einen Moment in einem Raum warten. Dieser war teuer und stilvoll eingerichtet. Geld schien auch hier keine Rolle zu spielen.

Es öffnete sich die Tür und ein untersetzter Mann begrüßte ihn. Er stellte sich mit dem Namen Honke vor.

Er bat Benjamin, ihm zu folgen. Anschließend nahmen beide an einem großen gläsernen Tisch Platz.

„Was kann ich für Sie tun?", eröffnete Herr Honke das Gespräch.

Benjamin begann seine Geschichte: „Nun ja, ich bin auf der Suche nach einem geeigneten freistehenden Haus für mich und meine Frau hier in Baden-Baden. Es muss kein Neubau sein. Ein Altbau hat durchaus seinen Charme. Sagen wir, ein altes Herrenhaus, das bereits saniert wurde. Es sollten nicht weniger als 200 Quadratmeter Wohnfläche sein und es müsste über einen Garten verfügen, denn wir besitzen einen großen Hund."

Herr Honke schaute ihn erstaunt an. Benjamin war sehr jung. Normalerweise waren seine Kunden im mittleren bis höheren Alter.

Benjamin spürte seine Zweifel. „Geld spielt keine Rolle. Meine Eltern sind reich. Ich habe freie Hand."

Ungläubig meinte Herr Honke: „Nun ja, dann schauen wir mal, was wir Ihnen anbieten können." Er lächelte gekonnt.

Herr Honke nahm einen großen Ordner zur Hand und blätterte ihn durch. Darin waren Essays über Nobelimmobilien enthalten. Er legte zwei Angebote vor Benjamin auf den Tisch. Benjamin studierte diese. Als er den Preis sah, wurde ihm schwindelig. Eines kostete 24 Millionen Euro, das andere 31 Millionen. Er räusperte sich. Die beiden Angebote kämen für ihn nicht in Frage und würden seinen Vorstellungen nicht entsprechen.

Auf die Frage, was er denn erwartete, nahm Benjamin die Zeitung heraus und tippte auf eine bestimmte Anzeige. „Etwas in dieser Richtung suche ich."

Herr Honke sah ihn erstaunt an. „Das Angebot stammt nicht von unserem Maklerbüro."

„Ich weiß, aber Sie haben einen guten Ruf. Deswegen bin ich zu Ihnen gekommen."

Herr Honke lehnte sich zurück. „Von dem Objekt, das ihnen gefällt, würde ich abraten. Ich kann es Ihnen nicht anbieten und würde das mit reinem Gewissen auch nicht tun."

Auf die Frage, wieso er ihm davon abrate, antwortete Herr Honke: „Sehen Sie, der Kollege, der diese Immobilie verkauft, ist insolvent. Mehr kann ich Ihnen jedoch nicht sagen. Wenn Sie sich nur für diese bestimmte Immobilie interessieren, müssen Sie Herrn Summer persönlich aufsuchen."

„Aber Sie raten mir davon ab."

„So ist es. Wenn Sie Qualität suchen, dann sind Sie bei uns richtig. Anderenfalls kann ich Ihnen nicht weiterhelfen."

Herr Honke stand auf. Ihm schien Benjamins Anfrage offenbar nicht seriös zu sein. Er zeigte auf die Tür. Benjamin verstand, ließ sich nichts anmerken und verabschiedete sich höflich von ihm.

Während er die Treppe hinunterlief, dachte Benjamin darüber nach, was er eben herausgefunden hatte. Herr Summers Geschäft war insolvent. Er steckte in finanziellen Schwierigkeiten.


12


Benjamin saß am nächsten Abend bei Lara zu Hause im Wohnzimmer auf dem Sofa. Sie war gerade dabei eine Flasche Rotwein zu öffnen.

„Deine Wohnung ist schön eingerichtet", meinte Benjamin, als er sich umblickte. „Sehr gemütlich."

Sie bedankte sich und schenkte beiden ein. Auf dem bequemen Sofa hatte sie mehrere flauschige Decken und Kissen liegen, in die sich Benjamin einkuschelte. Die indirekte Beleuchtung gab eine wohlige Atmosphäre. Es war aufgeräumt, dennoch lag hier und da etwas herum. Sie reichte ihm ein Glas und stieß mit ihm an: „Auf einen schönen Abend!"

„Auf einen schönen Abend", wiederholte er. Beide tranken einen Schluck.

„Ich bin froh, dass uns Esther einander vorgestellt hat", sagte er. „Es ist jetzt schon das dritte Mal, dass wir uns treffen."

„Ja, das stimmt: Kaffeetrinken, Musik-Park und jetzt hier bei mir."

Beide nippten verlegen an ihren Gläsern.

„Hast du Esther eigentlich erzählt, dass wir zusammen tanzen waren?", fragte Benjamin.

Lara nickte. „Klar. Ist doch ok, oder?"

„Na logisch!", meinte er. „Sie ist ein feiner Typ. Hätte ja in den Musik-Park mitkommen können!"

„Ich glaube, sie hatte schon etwas anderes vor. So oft treffen wir uns ja nicht. Esther ist toll, ich mag sie sehr. Sie ist überall beliebt und hat einen großen

Bekanntenkreis. Was ich aber am allermeisten an ihr schätze, ist ihre starke und selbstbewusste Persönlichkeit. Davon könnte ich mir eine Scheibe abschneiden. Ihr ist es egal, was die Leute über sie sagen. Schau dir ihr Make-up und ihren unverwechselbaren Kleidungsstil an. Sie fällt total auf und ihr ist es egal. Ich hätte nicht den Mut dazu."

„Das stimmt. Ihr Aussehen ist besonders und eigenwillig. Etwas zu schrill für meinen Geschmack. Und Marco ist das komplette Gegenteil, oder?" Er lachte. „Ist eher der pragmatische Typ, der nicht weiter auffällt. Dass die beiden sich so gut verstehen? Da hat sich meine Oma ja zwei unterschiedliche Typen in ihr Haus geholt! Unterschiedlicher geht es kaum."

„Und was war mit dem Dritten? Er ist tot, oder?"

Benjamin blickte sie ernst an: „Ja, das stimmt wohl. Ist ertrunken."

„Er konnte nicht schwimmen, sagte mir Esther."

„Ja?", Benjamin schaute ungläubig. „Der Arme." Er dachte einen Moment nach. Dann setzte er an: „Ich war bei der Sucht- und Drogenberatung hier in Bruchsal."

Lara blickte ihn erstaunt an: „Warum?"

„Mich hat es beschäftigt, was du im Musik-Park über die Drogen gesagt hattest. Ich habe mich erkundigt. Die gefährliche Droge, von der du gesprochen hattest, der weiße Tod, heißt Soe, macht schnell abhängig und führt mit erhöhter Wahrscheinlichkeit zum Tod durch Kreislaufversagen."

Er stockte. Dann sprach er langsam weiter: „Nils war im Besitz eines solchen Pülverchens. Meine Oma hatte mir davon erzählt. Es muss sich wahrscheinlich auch um diese spezielle Droge gehandelt haben."

„Aber was erzählst du da? Hatte Nils diese Droge konsumiert?"

„Möglich."

„Armer Nils." Lara schüttelte den Kopf. Eine Pause entstand.

„Ich komme immer noch nicht über den Tod meiner Oma hinweg. Mir geht ständig ihr verhängnisvoller Sturz durch den Kopf. An dem Tag, als es passierte, warst du mit Esther auf einer Party, stimmt das?"

„Ja, das stimmt. Freunde hatten nach Obergrombach eingeladen. Wir fuhren getrennt dorthin, weil sie für gewöhnlich immer länger auf Partys bleibt. Mir dauert das oft zu lang und ich gehe früher nach Hause. Na ja, sie war jedenfalls spät dran und kam erst nach 21 Uhr. Ganz aufgebracht war sie, dass sie in der 30er-Zone in Untergrombach mit über 50 km/h geblitzt wurde. Und teuer wurde es auch. Sie zeigte mir später den Brief vom Ordnungsamt mit ihrem Foto darauf. Wie ärgerlich. Es war ein fest installierter Blitzer, den jeder kennt. Sie muss total in Gedanken gewesen sein."

Benjamin lachte. Ihn ärgerte es auch immer, wenn er geblitzt wurde.

„Die Polizei glaubt, dass es kein Unfall gewesen ist" erklärte er wieder ernst, „und meine Oma gestoßen wurde. Auch ich glaube das."

„Ja? Aber wer sollte das getan haben?"

„Das weiß ich leider nicht. Na ja, Esther und Marco, die beide im Haus wohnen, scheiden schon mal aus."

„Auf keinen Fall war es einer von beiden!"

Benjamin nickte. „Man kann nicht gleichzeitig an zwei Orten sein. Es muss also jemand Fremdes gewesen sein, der sich Zutritt zum Haus verschafft hatte. Oder jemand, den meine Oma kannte und den sie reingelassen hatte."

„Aber wer könnte das gewesen sein?"

„Es gäbe da einige Möglichkeiten", dachte Benjamin nach. „Oder jemand, den ich noch nicht in Betracht gezogen habe. Jemand, der scheinbar nichts mit der ganzen Sache zu tun hat."

Lara schaute ihn mit offenem Mund an.

Es klingelte an der Tür. Laras Gesichtsausdruck entspannte sich: „Das muss der Lieferservice sein!" Sie stand auf und eilte zur Tür. Wenig später kam sie mit diversen Alu-Schälchen wieder herein. „Voilà, guten Appetit!"

Am nächsten Tag wachte Benjamin früh auf. Ihn hatte die ganze Nacht ein bestimmter Gedanke beschäftigt: Wer alles im Club La Rose kannte den richtigen Namen seiner Großmutter? Sie stellte sich dort allen als Josephine Holst vor. War ihr wahrer Name nach dem tragischen Tod von Mia von Rückert allseits bekannt? Hatte ihn die Polizei bei ihren Ermittlungen offiziell benutzt? Herr Summer wusste, wie sie hieß. Aber die anderen?

Er fuhr seinen Laptop hoch und gab den Namen seiner Großmutter in die Suchmaschine ein. Die Treffer befriedigten ihn nicht. Die von ihm gewünschte Information konnte er so nicht erhalten. Lange dachte er nach. Anschließend öffnete er eine andere Seite. Im digitalen Telefonbuch wurde er schließlich fündig. Er nickte. Zufrieden griff er nach seinem Handy.

„Hallo Frau von Rückert? Hier ist Benjamin Bratschle. Wir hatten vor Kurzem telefoniert."

Frau von Rückert erinnerte sich, gab aber an, nur wenig Zeit zu haben. Auf die Frage, weshalb er sich nochmals bei ihr meldete, sagte er: „Ich wollte sie fragen, ob die Familie und ihre Freunde den richtigen Namen meiner Oma kannten? Ich meine, sie hatte sich ja unter falschem Namen vorgestellt."

Frau von Rückert dachte nach. „Ich kannte ihren Namen, denn ich sagte ihr auf den Kopf zu, dass ich ihr nicht glaubte. Sie erklärte sich und ihre Beweggründe. Ich fand es irgendwie aufregend, da sie aus einer ganz anderen Welt als ich kam. Sie war so bodenständig. Und sie wollte nichts von mir. Das machte sie sympathisch. Aber wer noch ihren Namen kannte? Nach dem tragischen Tod meiner Tochter nannte sie die Polizei bei der Befragung bei ihrem richtigen Namen. Das habe ich gehört. Ob die anderen es auch hörten, weiß ich leider nicht. Das kann ich nicht sagen. Jedenfalls verlor sie die Gunst meiner Freunde."

„Wie geht es Ihrer Familie? Und Ihren Freunden?"

„Sie meinen dem kläglichen Rest? Denn ich habe keine Familie mehr. Nachdem Mia gestorben ist, verhält sich Rene mir gegenüber untragbar und extrem fordernd. Er will einen Vorschuss des Erbes haben. Stellen Sie sich das vor?! Dabei steht ihm gar nichts zu. Ich werde ihm nichts geben, da kann er lange warten!

Na ja, Vincent ruft täglich an, seitdem ich mich wieder in die Schweiz zurückgezogen habe. Ich schätze, sein Juweliergeschäft geht nicht so gut, wie er sich das erhofft hatte. Nach der Übernahme schrieb er nur rote Zahlen. Ich denke, er möchte eine großzügige Spende von mir. Eine Unterstützung von Freundin zu Freund.

Und Kirk, ja der will mir gar nicht mehr von der Pelle rücken! Irgendetwas will er von mir. Aber ich beantworte seine Telefonanrufe nicht. Das ist mir zu lästig. Sie haben Glück, dass ich mit Ihnen spreche. Ich denke, es ist wohl wichtig?"

„Ja, das ist es. Ich danke Ihnen für Ihre Zeit und will Sie nicht länger belästigen. Sie haben mir sehr geholfen."


Benjamin saß in dem Ohrensessel und las einige Passagen aus dem Tagebuch seiner Großmutter nach. Da hörte er ein Auto, anschließend eine Tür, die zugeschlagen wurde. Er eilte zum Fenster und blickte hinaus. Es war Esther, die von der Schule nach Hause kam. So, wie es seine Großmutter auch getan hatte, rannte er zur Tür und öffnete diese. Als Esther die Treppe hinauf gestiegen kam, fragte er sie, ob sie nicht einen Augenblick zu ihm hineinkommen wolle.

Esther seufzte. Sie habe einen anstrengenden Schultag hinter sich, meinte sie. Dennoch ließ sie sich erweichen und trat ein.

„Es ist seltsam, hier zu sein, im Wissen, dass deine Oma nicht mehr lebt", bemerkte sie.

„Ja, das ist es. Aber man gewöhnt sich daran. Möchtest du etwas trinken? Einen Kaffee?"

Dankend nahm Esther an. Beide standen in der Küche, während Benjamin den Kaffee aufbrühte. „Mir war irgendwie langweilig. Ich kam hierher, um etwas Ruhe zu finden, aber ganz alleine ist das doch nicht so schön. Schön, dass du mir Gesellschaft leistest."

Esther nickte. „Aber du warst ja nicht immer alleine. Du hast dich ja mit Lara getroffen. Sie sagte, es bahnt sich vielleicht etwas an?"

„Ja. Könnte sein. Ich hoffe, es macht dir nichts aus?"

Esther machte eine abwehrende Geste. „Nein, gar nicht. Ich freue mich für euch."

Benjamin nahm die Kaffeekanne und schenkte ein. „Setz dich bitte!"

Beide nahmen am Küchentisch Platz.

„Die letzten Wochen waren sehr aufregend", begann Benjamin. „Ich habe viel über meine Oma erfahren."

„Ja? Was denn?"

„Sie war sehr neugierig."

Esther lachte: „Ja, das war sie. Es war unmöglich, sich hier im Haus aufzuhalten, ohne dass sie wusste, was man tat."

„Sie fand Schmuck. Sehr wertvolle Dinge. Nils hatte die Sachen versteckt gehabt."

„Schmuck?", wiederholte Esther. „Und den hat sie bei Nils' Sachen gefunden?"

„Ja, Ringe und Ketten. Nils hatte diese offenbar von reichen Leuten gestohlen und diese dann erpresst."

„Von welchen reichen Leuten denn?"

Benjamin berichtete ihr vom Club La Rose in Baden-Baden. Dass sich Nils mit einer falschen Identität dort bei einer reichen Familie eingeschlichen hatte und daran arbeitete, eine große Summe Geld abzugreifen. Noch dazu hatte er im Club eingebrochen und diese Dinge entwendet. „Hat sie dir und Marco gegenüber je etwas von den Diebstählen und Erpressungen erzählt?"

Esther dachte nach. „Ja, das hat sie. Sie erzählte etwas von einer dubiosen Diebesbeute und dass Nils Erpresserbriefe geschrieben habe."

Benjamin nickte.

„Aber von dem Club und alldem erzählte sie nichts. Also stimmte das, was deine Oma erzählt hatte? War es wirklich wahr?", wollte Esther wissen. „Wir konnten es kaum glauben!"

„Ja, es ist wahr. Alles, was meine Oma gesehen und gehört hat, ist die Wahrheit." Benjamin nahm einen großen Schluck Kaffee.

## 13

Spät am Abend saß Benjamin mit dem Tagebuch auf seinem Luftbett und las im Detail nochmals bestimmte Passagen durch. Nein, er hatte sich nicht geirrt. Etwas, das ihm erzählt worden war, stimmte nicht. Er konnte darauf keinen Hinweis in der Niederschrift seiner Großmutter finden. Die Tatsachen passten einfach nicht zusammen. Diese bestimmte Person konnte doch davon nichts wissen? Es sei denn …? Aber das wäre ja nicht möglich. Er schüttelte den Kopf. Sofort ließ er diesen Gedanken fallen.

Wieder las er im Tagebuch. Es musste seiner Meinung nach alles dort zu finden sein. Eine Person musste ein Motiv und auch die Möglichkeit gehabt haben, alle Morde zu begehen. Alles hing irgendwie zusammen.

Doch wie, das wusste er nicht. In seinem Kopf gab es dutzende Gedankengänge, die jedoch keinen Sinn ergaben.

So kam er nicht weiter. Er entschied, die Sache für heute ruhen zu lassen, legte das Tagebuch beiseite und atmete tief durch. Er brauchte Bewegung und einen freien Kopf. Seine Joggingschuhe hatte er nicht nach Bruchsal mitgenommen. So entschied er sich, mit dem Fahrrad seiner Großmutter eine Runde zu drehen. Nachdem er sich warm angezogen hatte, verließ er die Wohnung. Die Fahrräder standen in einem unbenutzten Carport. Er hoffte, dass ihres nicht abgeschlossen war. Im Dunkeln war es schwierig, das richtige herauszusuchen. Zu seiner Erleichterung war das Ringschloss nicht zugezogen. Er nahm das Rad und schob es in den Vorhof. Dort verstellte er die Sitzhöhe. Anschließend überprüfte er mit der Hand den Luftdruck.

Plötzlich überkam ihn ein komisches Gefühl. Er drehte sich um. Ihm war, als ob da jemand stand. „Hallo, ist da jemand?", rief er ins Dunkel. Es regte sich nichts. Er hatte sich wohl getäuscht. Zweifelnd schüttelte er den Kopf. Es war einfach zu viel gewesen in den letzten Tagen, dachte er. Er hatte schon Halluzinationen und sah Menschen, die ihn verfolgten, wo keine waren.

Gerade als er sich auf das Fahrrad setzen wollte, hörte er schnelle Schritte hinter sich. Er hatte sich doch nicht getäuscht! Da war jemand gewesen! Noch bevor er sich umdrehen konnte, spürte er einen stechenden Schmerz am Hinterkopf. Dann sackte er bewusstlos zusammen.

Benjamin stöhnte. Er hatte unglaubliche Kopfschmerzen und ihm war übel. Sein Mund war mit Klebeband Mund verschlossen. Er lag irgendwo auf dem Rücken und konnte sich nicht bewegen. Auch seine Schulter, Arme und Hände schmerzten. Langsam öffnete er die Augen. Das grelle Morgenlicht tat in seinen Augen weh. Es drehte sich alles. Er war benommen. Langsam schloss er wieder die Augen und schluckte.

Es war ihm nicht möglich sich aufzurichten. Seine Arme konnte er nicht bewegen. Er lag auf einem Bett, so schien es. Vorsichtig versuchte er, seine Hände zu befreien, doch sie waren mit Handschellen an dem Kopfteil des großen Bettes fixiert. Unangenehm war es, mit überstreckten Armen dazuliegen.

Nachdem er seine Augen wieder geöffnet und sich an das helle Licht gewöhnt hatte, versuchte er sich zu orientieren. Es fiel ihm schwer sich zu konzentrieren. Irgendetwas war nicht normal. Er hatte Schwierigkeiten, einen klaren Gedanken zu fassen.

Er lag also in einem Bett. So viel konnte er erkennen. Jemand hatte ihn niedergeschlagen. Er erinnerte sich dumpf an die Schritte und den Schmerz am Hinterkopf. Doch wo hatte man ihn hingebracht?

Langsam hob er den Kopf. Er stöhnte auf. Der Schmerz pochte. Er lag in einem Schlafzimmer. An der Wand stand ein großer Kleiderschrank. Und es gab einen Spiegelschrank und eine Kommode. Aber wessen Zimmer es war, das wusste er nicht. Doch halt! An der Kommode klebte ein roter Punkt. Irgendetwas hatte dieser zu bedeuten. Er konnte keinen klaren Gedanken fassen. Etwas stimmte mit ihm nicht, da war er sich sicher. Er neigte den Kopf nach rechts, wo sich das Nachttischchen befand. Auf ihm stand eine Tasse und ein Wasserglas. Er musste lange auf das Tischchen schauen, um erkennen zu können, was da noch lag. Es war eine Spritze und ein leeres Tütchen daneben.

Er ließ den Kopf sinken. „Spritze ... Tütchen ... Wasserglas", dachte er. Es war so schwierig, seine Gedanken zu fokussieren. Es hatte etwas zu bedeuten, doch was, das bekam er nicht zu fassen.

Plötzlich fühlte er sich ohnmächtig. So ein Tütchen hatte er schon mal gesehen. Ein Gefühl der Verzweiflung überkam ihn. „Der weiße Tod", murmelte er. Diese Droge war der Grund dafür, dass er nicht klar denken konnte! Jemand hatte diese Droge in einer Flüssigkeit aufgelöst und ihm gespritzt. Wieder stöhnte er.

Er blickte abermals auf die Spritze. Er hatte keine Zweifel. So musste es sein. Dann schaute er sich die Tasse an. Sie kam ihm bekannt vor. Irgendwo hatte er sie schon einmal gesehen. „Streng dich an!", befahl er sich. Er blickte von der Tasse zu dem roten Punkt auf der Kommode. Da wurde es ihm bewusst. Er lag im Schlafzimmer seiner Großmutter!

Verzweifelt erkannte er, dass er sich in einer ausweglosen Situation befand. Niemand würde ihn vermissen, wenn er hier liegen würde. Niemand würde zu Hilfe kommen können. Er war dem Mörder offenbar zu nahegekommen, mutmaßte er. Dieser würde ihn in aller Ruhe zu Tode spritzen können. Er könnte nichts unternehmen. Es dauerte nicht lange, bis die Droge sein Herz-Kreislaufsystem lahmlegen würde.

Seine Schreie verstummten unter dem Klebeband. Niemand würde ihn hören. Marco und Esther würden nicht mitbekommen, dass er hier qualvoll sterben müsste.

Er schloss die Augen. Die Frage, wer es war, trieb ihn um. Doch es war so schwer klar zu denken. Vor Erschöpfung schlief er ein.


Das Ziehen in seinen Armen ließ Benjamin wieder erwachen. Die überdehnten Sehnen und die

Schultergelenke brannten. Bei jeder Bewegung spürte er einen Stich. Er musste Stunden geschlafen haben. Die Sonne schien nicht mehr direkt in sein Gesicht. Sein Verstand war zurückgekehrt. Er konnte wieder klar denken. Sein Körper hingegen fühlte sich matt und ausgelaugt an. Er spürte ein undefinierbares Verlangen, das er von sich nicht kannte. Die Benommenheit und das Gefühl, nicht Herr seiner Sinne zu sein, war nun einem Verlangen gewichen, das er stillen musste. Er konnte an nichts anderes denken. Wonach er sich sehnte, das war ihm schnell klar. Er brauchte die Befriedigung seiner Begierde durch die Droge, den weißen Tod.

Der Mörder war noch nicht wiedergekehrt. Die Spritze und das Tütchen lagen unbewegt auf dem Nachttisch. Es hatte sich nichts verändert.

Er blickte auf die Spritze. Krampfhaft versuchte sich Benjamin loszureißen, doch die Handschellen hielten stand. Es war nicht möglich sich zu befreien.

Immer wieder versuchte er, das Klebeband mit der Zunge und seiner Gesichtsmuskulatur zu lösen, doch auch das gelang ihm nicht. Erschöpft beendete er die Versuche sich zu befreien.

Benjamin lag regungslos da und versuchte seine Gedanken zu sortieren. So gut es ging, ordnete er in seinem Kopf die verschiedenen Motive und

Möglichkeiten, verwarf viele der Gedankenspiele, bis er schließlich bei einer bestimmten Person verharrte.

Wieder starrte er auf die Spritze. Er konnte diesen Zustand nicht lange aushalten. Bald müsste doch jemand kommen und ihn erlösen!

Diese eine Person musste es gewesen sein. Er überprüfte seine Lösung immer wieder und es schien schlüssig zu sein. Es gab keine Ungereimtheiten.

Seinen Körper durchzog ein Schaudern. Seine Beine krampften, der Rumpf bäumte sich kurz auf. Dabei stieß er einen stummen Schrei aus. Anschließend blieb er ruhig liegen.


Seine Arme und Schultern spürte er fast nicht mehr. Er lag stumm da und wartete. Verzweifelt und reumütig dachte er an die vielen Momente, in denen er sich seinen Eltern oder der Polizei hätte anvertrauen können. Er war zu weit gegangen und sehenden Blickes in sein Verderben gerannt. Ohne weiterzudenken, im Wissen, dass seine Großmutter ermordet worden war. Und warum? Aus Selbstüberschätzung und Arroganz.

Da hörte er, wie jemand den Schlüssel in die Tür steckte. Sein Puls pochte schneller. Der Körper erstarrte. Er war machtlos und konnte sich nicht wehren. Der Mörder könnte ihm leichtfertig eine finale Dosis dieser Droge verabreichen und er müsste es über sich ergehen lassen.

Benjamin vernahm eine Männerstimme. Dann sagte eine Frau etwas. Die Tür wurde wieder geschlossen. Die beiden Personen liefen in der Wohnung umher. Er hörte, wie sie seinen Namen riefen. „Benjamin, bist du da?", rief die Frauenstimme. Schließlich öffnete sich die Tür zum Schlafzimmer. Vor ihm standen seine Mutter Barbara und sein Vater Stefan.

Als Barbara ihn so im Bett liegen sah, rief sie seinen Namen und löste sogleich das Klebeband von seinem Mund. Sie strich ihm über die Arme. Vollkommen aufgelöst fragte sie: „Benjamin, bitte, was ist mit dir geschehen?! Bitte sprich mit uns!"

Benjamin war überwältigt. Niemals hatte er damit gerechnet, dass seine Eltern nach Bruchsal kommen würden, um nach ihm zu suchen. „Ich bin so froh, dass ihr da seid", sprach er mit bebender Stimme. „Bitte, öffnet mir die Handschellen. Es tut so weh und ich kann meine Arme schon nicht mehr spüren."

Stefan und Barbara suchten vergeblich nach dem Schlüssel. Doch im Schlafzimmer war dieser nicht zu finden. Schnell eilten sie in die anderen Zimmer, um dort nachzusehen. Doch auch hier war er nirgends abgelegt worden.

„Wir können ihn nicht finden!", sagte Barbara verzweifelt. „Was sollen wir tun?"

„Was für einen Tag haben wir heute?", fragte Benjamin.

„Mittwoch", sah ihn Barbara erstaunt an. „Warum fragst du das?

Benjamin sagte nichts.

Barbara erklärte: „Weil du dich nicht mehr gemeldet hattest und du nicht erreichbar warst, haben wir uns Sorgen gemacht. Du wolltest letzte Woche zurückkommen. Als du Montag nicht da warst und wir dich nicht erreichen konnten, haben wir dich im Kindergarten weiterhin krankgemeldet. Wir haben uns solche Sorgen gemacht!"

„Zu Recht!", meinte Stefan.

Benjamin dachte nach. „Und wie spät ist es?"

Stefan blickte auf seine Uhr: „Es ist jetzt kurz nach 14 Uhr."

„Dann haben wir noch etwas Zeit", sagte Benjamin erleichtert. „Bitte, irgendwie müsst ihr die Handschellen lösen!"

Seine Eltern überlegten. Da hatte Stefan einen Einfall: „Hatte nicht Opa Hermann einen Metallschneider im Keller?" Er sah Barbara fragend an.

Diese hob die Schultern: „Ich weiß es nicht. Bitte schau‘ nach, Stefan, das ist eine gute Idee!"

Umgehend begab er sich auf die Suche. Barbara setzte sich unterdessen auf die Bettkante. „Mein Junge, wie ist das nur geschehen? In was bist du hineingeraten?"

„Bitte verzeih‘ mir, ich habe euch nicht die Wahrheit gesagt. Ich wollte immer, doch ich dachte, ich schaffe es alleine!"

„Was alleine schaffen?" Sie strich ihm über das Gesicht.

Da erzählte ihr Benjamin vom Tagebuch seiner Großmutter und vom Club La Rose und von insgesamt vier Morden. Vielleicht war der Mörder auch noch für weitere neun Todesopfer verantwortlich. Und er war, genau wie seine Großmutter Erika, dem Mörder zu nahegekommen. Deswegen wurde er niedergeschlagen und hier ans Bett gefesselt.

Barbara verspürte eine tiefe Verzweiflung und auch eine Wut Benjamin gegenüber. Wie konnte er sich in solch eine Gefahr begeben! Sie hätte ihn, ihren einzigen Sohn, verlieren können, wenn Stefan und sie nicht hierhergekommen wären.

„Was wäre gewesen, wenn wir nicht gekommen wären? Benjamin!"

„Ich weiß, es tut mir leid, ich wollte das nicht! Ich dachte, ich schaffe es alleine!"

„Aber das ist Wahnsinn! Alles, was du erzählst, ist Irrsinn!"

Stefan kam mit einem Metallschneider zurück.

„Gott sei Dank!", rief Barbara. „Schnell!"

In Windeseile waren die Ketten der Handschellen getrennt. Mit einem Stöhnen richtete sich Benjamin auf. Es tat weh, eine natürliche Haltung einzunehmen. Seine Arme und Schultern schmerzten.

Barbara forderte Benjamin auf, seine Geschichte nun auch Stefan zu berichten.

„Und der Mörder könnte jeden Augenblick zurückkommen, sagst du? Hier in die Wohnung?"

Benjamin nickte. Die betreffende Person würde zurückkommen, ihm abermals die Droge spritzen, bis er an einer Überdosis sterben würde.

„Wir müssen die Polizei rufen!", entschied Benjamin. Er suchte nach seinem Handy, doch er konnte es nicht finden. Es wurde ihm abgenommen. Er bat darum, mit Barbaras Handy telefonieren zu dürfen. „Und wir müssen uns einen Plan zurechtlegen."

Entgeistert sahen sich Barbara und Stefan an.

Es waren drei Stunden vergangen. Benjamin saß alleine im Wohnzimmer im Ohrensessel seiner Großmutter. Es war alles still, als abermals ein Schlüssel in die Tür gesteckt wurde. Langsam öffnete sich die Tür und eine Person trat in den Flur. Sie legte etwas ab und erblickte durch die offene Wohnzimmertür Benjamin im Ohrensessel sitzen. Langsam betrat diese das Wohnzimmer: „Hallo Benjamin!"

„Hallo Esther!"

„Ich habe mir ja solche Sorgen gemacht", begann Esther sich zu erklären, während sie sich im Raum umblickte. „Als ich nichts mehr von dir gehört und auch Lara gemeint hatte, dass du dich eigentlich wieder bei ihr melden wolltest, es aber nicht getan hattest, dachte ich, ich muss mal schauen, ob du überhaupt noch da bist."

„Ja, das bin ich. Wie bist du denn in die Wohnung gekommen?"

Esther zeigte einen Schlüssel. „Den habe ich von deiner Großmutter bekommen, damit ich nachsehen kann, falls ihr mal etwas zustoßen sollte.

Benjamin nickte. Es entstand eine Pause. Esther erblickte die Handschallen an Benjamins Handgelenk und sah sich um. „Was ist hier geschehen?"

„Ich wurde niedergeschlagen."

Undurchdringlich schaute sie ihn an. „Wer hat das getan?", fragte sie.

„Ich weiß es nicht. Ich habe es nicht gesehen."

Esther nahm eine aufrechte Haltung ein. „Und wie konntest du dich befreien? Wer hat dir dabei geholfen?" Abermals inspizierte Esther das Wohnzimmer. Dann ging sie ins Schlafzimmer und überprüfte dort, ob sich darin jemand befand. Benjamin stand auf und ging ihr nach. „Was hast du vor?", fragte Benjamin in der Tür stehend.

Esther antwortete nicht. Als sie sah, dass sie beide alleine in der Wohnung waren, zog sie ihren Mantel aus und warf ihn auf das Bett.

„Willst du mich töten?"

Esther kniff die Augen zusammen. „Wer sagt denn sowas?"

„Ich weiß, dass du eine kaltblütige Mörderin bist."

Sie blickte ihn lächelnd an, sagte nichts darauf und nahm ruhig ein Tütchen aus der Tasche ihres Kleides. Sie öffnete es und schüttete das weiße Pulver in das Wasserglas. Anschließend öffnete sie ein Fläschchen mit einer Flüssigkeit und schüttete diese dazu.

„Der weiße Tod", sagte Benjamin.

„Richtig, der weiße Tod." Esther rührte das Gemisch um, anschließend nahm sie die Spritze und zog die Flüssigkeit auf.

„Willst du es haben?", fragte sie in einem eindringlichen Ton.

„Nein, ich will nicht noch einmal von dir gespritzt werden!"

Esther lachte.

„Wie willst du es überhaupt anstellen?", fragte Benjamin. „Ich bin nicht mehr gefesselt und nicht wehrlos!"

Esther schritt zur Tür. Benjamin wich vor das Fenster aus.

„Das wirst du schon sehen", sagte sie herablassend. Langsam kam sie ihm näher.

„‚Spirit of Energy!' Das war der Grund, nicht wahr?", begann Benjamin aufgeregt, während er hinter das Bett gedrängt wurde. Esther blieb stehen. „Nils hat dich erpresst. Du musstest ihn loswerden, denn er durfte dich nicht verraten. Was machen deine Freunde mit dir, wenn du als Dealerin auffliegst und verhaftet wirst? Ich erfuhr von einer Person, die ebenso gedealt hatte und, noch bevor sie bei der Polizei auspacken konnte, aus einem fahrenden Auto erschossen wurde. Ich denke, sie werden versuchen, auch dich mundtot zu machen, wenn du geschnappt wirst! Das Risiko kannst und konntest du nicht eingehen. So musste Nils sterben."

„Und ich werde das Risiko auch dieses Mal nicht eingehen."

„Nils war nicht der einzige. In die Reihe der Morde, die auf dein Konto gehen, sind auch Mia von Rückert und meine Großmutter zu zählen."

„Wie klug du doch bist, Benjamin."

„Gib zu, Nils und meine Großmutter getötet und Mia von Rückert vergiftet zu haben!"

Esther neigte den Kopf zur Seite. Nach einer kurzen Pause sprach sie abfällig: „Ja, ich habe sie umgebracht. Weil sie zu viel wussten. So wie du es auch tust. Ich setze meine Pläne in die Tat um. Ich lasse mich nicht aufhalten, auch nicht von dir!"

Sie richtete die Spritze gegen Benjamin und kam langsam und geschmeidig, wie eine Raubkatze auf Jagd, auf ihn zu. Benjamin wich aus. Nun stand er mit dem Rücken zur Wand. Sie grinste ihn wie eine Wahnsinnige an. Ihre Augen glühten.

„Spritze fallen lassen!", schrie eine Männerstimme.

Esther zuckte zusammen und drehte sich abrupt um.

In der Tür standen mehrere Polizisten, die ihre Waffen auf sie richteten.

„Spritze fallen lassen!". wiederholte der Polizist seinen Befehl.

Langsam ließ sie die Spritze fallen und drehte sich hasserfüllt Benjamin zu: „Ich hätte es wissen müssen! Du dreckiger, mieser Schnüffler!"

Ein Polizist packte sie am Arm und zerrte sie von Benjamin weg. Anschließend wurden ihr Handschellen angelegt.

Esther sagte nichts mehr. Während sie abgeführt wurde, drehte sie ihren Kopf und blickte nochmals in Benjamins Augen.

Benjamin sackte auf dem Bett zusammen. Sogleich kam ihm ein Kriminalbeamte zu Hilfe. „Sie waren tapfer!", sagte er, während er ihn stützte.

Dann gab er Anweisungen, ihn ins Krankenhaus bringen zu lassen. Benjamin müsse unter ärztlicher Beobachtung bleiben, um die Entzugserscheinungen zu überstehen. Später würde er ihn aufsuchen, um seine Aussage zu Protokoll zu nehmen.

Barbara und Stefan mussten während des gesamten Einsatzes im Auto vor einem der Nachbarhäuser warten. Als sie ihren Sohn in Begleitung eines Polizisten aus dem Haus kommen sahen, rannten sie zu ihm. Barbara nahm ihren Sohn erleichtert in die Arme.

„Es ist alles gut gegangen!", sagte Benjamin erschöpft, während er sie umarmte.

14

Benjamin lag in seinem Krankenbett. Die Ärzte wollten ihn zur Beobachtung noch drei Tage stationär im Krankenhaus behalten, bevor er wieder nach Hause durfte. Eine Krankenschwester kam und wechselte eine Infusion, die er verordnet bekommen hatte. Sie erklärte, dass zwei Polizeibeamte vor der Tür warten würden und ihn sprechen wollten.

Sorgsam schüttelte sie sein Kissen auf und stellte das Bett so ein, dass er aufrecht sitzen konnte. Anschließend öffnete sie die Tür und bat die Beamten hinein.

„Wie geht es Ihnen?", fragte der Kommissar.

Benjamin nickte: „Den Umständen entsprechend."

„Gut." Er nahm einen Stuhl und setzte sich ihm gegenüber. „Ich sagte Ihnen ja, dass ich wiederkommen würde, um Ihre Aussage zu Protokoll zu nehmen. Wenn ich mich vorstellen darf: Mein Name ist Kohler und das hier ist meine Kollegin Frau Kommissarin Schneider."

Diese begrüßte Benjamin. Anschließend nahm sie ein Aufnahmegerät heraus und stellte es auf den Beistelltisch. Nachdem sie es eingeschaltet hatte, begann der Hauptkommissar das Gespräch.

„Herr Bratschle, Ihre Personalien haben wir bereits dank Ihrer Eltern aufgenommen. So brauchen wir uns jetzt nicht mit Formalitäten aufhalten und können sofort mit Ihrer Aussage beginnen. Lassen Sie mich zuvor noch sagen, dass wir Ihnen zu Dank verpflichtet sind, uns bei der Aufklärung der Morde geholfen zu haben. Durch Ihren Mut wurde Esther Klong als Mörderin und Dealerin überführt."

Ein Lächeln huschte über Benjamins Gesicht.

„Durch die wichtigen Informationen, die wir von Frau Klong bereits erhalten haben", fuhr der Hauptkommissar fort, „werden wir aller Voraussicht nach einige wichtige Drahtzieher der Bruchsaler Drogenszene auffindbar machen und stellen können. Zugegeben, ich war anfangs skeptisch, ob der Einsatz, der zur Festnahme führte, funktionieren könnte, doch ich bin froh, dass wir uns darauf eingelassen haben. Sie waren sehr tapfer und es hat sich ausgezahlt. Nun bitte ich Sie, uns im Detail zu berichten, was Sie alles in den letzten Wochen erfahren haben und wie genau Sie auf Esther Klong als Mörderin gekommen sind."

Benjamin räusperte sich. Zurückhaltend fing er an zu berichten: „Es begann alles mit einem Tagebuch meiner Großmutter, das ich nach Ihrer Beerdigung in ihrer Wohnung gefunden hatte. In diesem standen alle Informationen, die es benötigte, um die Mordfälle zu lösen. Als zentrale Figur stellte sich Großmutters Untermieter Nils Hansmann heraus. Dieser besaß keinen Schulabschluss, hatte keinen Beruf erlernt und wurde finanziell vom Staat versorgt. Er besaß praktisch nichts, wollte aber dennoch hoch hinaus. Er lieh sich Geld bei diversen Kreditinstitutionen. Die Polizei müsste im Besitz von offiziellen Papieren von Inkassounternehmen sein. Bitte, Herr Kohler, erkundigen Sie sich."

Der Hauptkommissar machte sich eine Notiz in sein Büchlein.

„Jedenfalls kaufte er sich von dem Geld teure Kleidung, verkehrte in einem noblen Club und gab vor, ein anderer zu sein. Er dachte sich eine neue Identität aus und versuchte, Kontakte zu reichen Personen zu knüpfen. Da lernte er Elisabeth von Rückert kennen, die ihrerseits Gefallen an ihm gefunden hatte. Sie war eine reiche Witwe und empfänglich für seine schönen Worte. Er blendete sie mit seinem Charme und seinem guten Aussehen. Ich glaube, sie war trotz des großen

Altersunterschieds in ihn verliebt. Er gab vor, aus einer Industriellenfamilie zu stammen. Vielleicht sprach er ihr gegenüber davon, sie heiraten zu wollen?"

„Ein Heiratsschwindler also", nickte der Hauptkommissar.

„Ja, vielleicht", sagte Benjamin. „Zumindest hoffte er, etwas Geld abgreifen zu können. Ich glaube, sie war drauf und dran, ihm eine große Summe Geld zu schenken."

Benjamin griff nach einem Glas Wasser.

„Nun ja, für Nils war es nicht genug, irgendwann Geld von ihr geschenkt zu bekommen. Es war ihm zu vage und nicht sicher genug. Er brauchte dringend Geld, um weiter flüssig zu sein und seine Schulden bezahlen zu können. So brach er mit einer entwendeten Generalschlüsselkarte in verschiedene Zimmer des Clubs ein und stahl dort wertvollen Schmuck. Nils erpresste anschließend die Bestohlenen und erwartete so einen großen Geldsegen. Dieser blieb jedoch aus. Keiner zahlte die geforderten Summen.

Stattdessen wurde er tot aufgefunden. Er ertrank im Rhein und wurde als Wasserleiche angeschwemmt. Entweder war er aufgrund seiner Situation selbst ins Wasser gegangen oder er wurde ertränkt. Ich glaube, die Polizei ging von einem Selbstmord aus, da es keine offensichtlichen Gewaltanzeichen gegeben hatte und die Schulden beachtlich hoch waren."

Benjamin nahm einen Schluck und stellte das Glas wieder ab: „Ich fragte mich jedoch, wer ein Motiv für seine Ermordung gehabt haben könnte? Ich dachte sofort, dass einer der Erpressten im Club für seinen Tod verantwortlich gewesen war. Schließlich war er bei den Leuten im Club nicht gut angesehen. Weder bei der Familie von Rückert noch bei deren Freunden. Ich denke da an Vincent Heubuhler, den Besitzer eines Juweliergeschäfts, und an Kirk Summer, der im Immobiliengeschäft tätig ist. Außerdem gab es einen gewaltbereiten jungen Schwiegersohn, der es nicht gerne gesehen hätte, wenn Nils in die Familie eingeheiratet hätte. Hatten sie ein Motiv? Kirk Summer ist verliebt in Elisabeth von Rückert. Er mochte es vielleicht nicht ertragen haben, dass Nils ihr Herz erobert hatte. Außerdem ist seine Firma insolvent und er benötigt dringend Geld, das er durch eine Heirat mit Elisabeth von Rückert zur Verfügung hätte.

Oder war es der Schwiegersohn Rene von Rückert? Er war um sein Erbe besorgt, das sich durch Elisabeths generöse Schenkungen um einiges verkleinert hätte.

Auch Vincent Heubuhler hatte allen Grund dazu, denn auch er erhoffte sich großzügige Geldschenkungen. Sein

Juweliergeschäft schrieb schon seit langem keine schwarzen Zahlen mehr.

Alle hatten also ein Motiv."

„Sie berichten von einer ganzen Reihe verdächtiger Personen."

„Richtig. Doch es gab noch mehr Verdächtige. Zusätzlich zu dem Schmuck hatte Nils auch ein Päckchen mit einem weißen Pulver in seinem Besitz. Es lag zusammen mit einem Paar Ohrringe meiner Großmutter in einem anderen Behältnis. Es war also eine Tatsache, dass Nils bei meiner Großmutter im Haus eingebrochen und die Ohrringe gestohlen hatte. Wenn er bei ihr etwas entwendet hatte, dann lag es ebenso nahe, dass er auch in die anderen Wohnungen im Haus bei Esther Klong und Marco Dunz eingebrochen war.

Vielleicht hatte er das Tütchen mit dem Pulver dort gestohlen, denn bei meiner Großmutter hatte ich etwas Vergleichbares noch nie zuvor gesehen."

„Das Tütchen mit dem Pulver hätte er aber auch im Club entwendet haben können", wandte der Hauptkommissar ein.

„Richtig, aber es wurde getrennt von den anderen gestohlenen Schmuckstücken, zusammen mit den Ohrringen meiner Großmutter aufbewahrt. Ich denke, dass das Diebesgut getrennt nach dem Herkunftsort deponiert wurde."

Benjamin dachte etwas nach, bevor er weitersprach. Anschließend nickte er, um seinen Gedankengang über das Tütchen mit dem Pulver zu untermauern.

„Schließlich fiel die Tochter Mia von Rückert einem grauenvollen Missverständnis zum Opfer. Sie starb an einer Zyankalivergiftung. Jemand hatte Großmutters Fläschchen vergiftet. Doch der Zufall wollte es, dass Mia davon trank und starb. Wer hatte das Fläschchen vergiftet? Jeder im Club konnte es getan haben, da ihre Tasche eine Weile lang unbeaufsichtigt in der Halle stand.

Der Mordanschlag galt bestimmt meiner Großmutter, daran bestand kein Zweifel. So sah es auch die Polizei. Jemand wollte meine Großmutter töten.

Der Mörder oder die Mörderin musste die Möglichkeit gehabt haben, alle Morde verübt zu haben. Da las ich aufmerksam das Tagebuch meiner Großmutter. Darin entdeckte ich, dass neben den Hauptverdächtigen im Club, sowohl Marco als auch Esther die Möglichkeit gehabt haben konnten, das Fläschchen zu vergiften. Sie waren nämlich vor dem Giftanschlag bei meiner Großmutter zu Besuch. Beide hatten die Gelegenheit, Zyankali in das Fläschchen zu schütten. Als erstes

Marco, dann später Esther, als Marco und meine Großmutter in der Küche Schokoladenkekse holten.

Am Tag darauf fiel meine Großmutter die Treppe im Keller hinunter. Ich glaubte keinen Moment daran, dass es ein Unfall war. Sie musste gestoßen worden sein. Jemand versuchte ein weiteres Mal, sie zu töten, und diesmal glückte es. Doch wer sollte dies getan haben? Wer wusste von den Gepflogenheiten meiner Großmutter, im Dunkeln die Treppe hinunter zu steigen? Wer wusste, dass sie am Abend ihre Wäsche wusch? Es konnte jemand im Haus gewesen sein, doch hatten beide Untermieter, Esther und Marco ein Alibi. Marco war bei Freunden und Esther war auf dem Weg zu einer Party in Obergrombach. Sie fuhr gerade durch eine Radarkontrolle, als es passierte.

Einen entscheidenden Hinweis, dass tatsächlich auch Esther die Mörderin sein konnte, erhielt ich erst vor Kurzem. Als ich Esther erzählte, dass Nils ein Erpresser war, erzählte sie etwas von Erpresserbriefen. Meine Großmutter hätte ihr das erzählt. Da las ich im Tagebuch noch einmal genau nach. Meine Großmutter sprach Esther und Marco gegenüber nur von Diebstählen und Erpressungen, nicht aber von Briefen, die der Erpresser geschrieben hatte. Esther konnte von den Briefen nichts wissen. Es sei denn, sie hatte selbst einen bekommen.

Nils hatte folglich auch Esther erpresst. Dies war eine Tatsache." Benjamin machte eine Pause. „Sie hatte damit auch ein stichhaltiges Motiv."

Abermals nickte der Hauptkommissar. „Aber sie hatte ein Alibi."

„Ist es nicht ein großer Zufall, dass Esther gerade zu dem Zeitpunkt in eine Radarkontrolle fuhr, als meine Großmutter die Treppe hinuntergestoßen wurde? Ich jedenfalls fand es unglaublich und es dauerte eine Weile, bis ich herausbekam, wie das vonstatten ging.

Neulich erzählte mir Lara, eine Freundin von Esther, dass eine Frau gefunden wurde, die angeblich von einem Mann ermordet wurde. Lara kannte sie aus einem Club in Bruchsal, in dem auch Esther verkehrte. Diese Frau war eher unscheinbar.

Nun, es stellte sich heraus, dass gerade dieser Umstand von enormer Wichtigkeit war! Esthers auffälliges Make-Up war nun der Schlüssel zum Tathergang."

Der Hauptkommissar hob fragend die Brauen.

„Stellen Sie sich Folgendes vor: Esther wählte sich sorgfältig eine junge Frau aus, die über keine besonders ausgeprägten Gesichtszüge verfügte. Elli war ihr Name. Sie verabredete sich mit Elli und überredete sie, gegen ein beachtliches Honorar bei einem kleinen Spaß mitzuwirken. Elli solle an ihrer Stelle durch die Radarkontrolle fahren.

Esther erklärte Elli genau, wie sie sich zu schminken hatte. Durch den auffälligen Hut und den Schal, sowie durch das dick aufgetragene Make-up waren beide praktisch nicht zu unterscheiden.

Esther verließ das Haus mit Marco, beide verabschiedeten sich. Marco fuhr zu seinen Freunden und Esther zu Elli, die an der nächsten Kreuzung auf sie wartete. Dort tauschten sie den Hut und den Schal. Elli stieg ein und Esther lief zurück zum Haus. Dort stieß Esther meine Großmutter die Treppe hinunter und Elli raste in Untergrombach durch die Kontrolle. Das Alibi war perfekt. Auf dem Polizeibild sah man eine stark geschminkte Frau mit Hut und Schal, die in Esthers Auto unterwegs war. Jeder würde bestätigen, dass es sich um Esther handelte.

Elli wendete, fuhr zurück, beide Frauen tauschten und wenig später erschien Esther auf der Party. Elli schminkte sich schließlich ab. Spät am Abend waren beide verabredet. Vielleicht sollte Esther ihr den kleinen Dienst bezahlen. Da schlitzte Esther der armen Elli die Kehle auf."

Benjamin lächelte triumphierend.

„Wenn es so war, was ich nicht bezweifle, dann war Esthers Alibi widerlegt. Sie konnte die Möglichkeit gehabt haben, alle Morde zu verüben. Sie hätte Nils eines Abends eine Rheinbrücke hinunterstoßen können. Laut einer Aussage von Lara wusste sie auch, dass Nils nicht schwimmen konnte. Sie hätte meine Großmutter die Treppe hinunterstürzen können. Sie hatte die Möglichkeit, das Fläschchen zu vergiften und mich niederzuschlagen. Und sie hatte ein Motiv, denn sie durfte als Drogen-Dealerin nicht auffliegen. Zu viele junge Menschen waren bereits aufgrund dieser Droge gestorben. Sie war also die Mörderin. So musste es gewesen sein. Die anderen Verdächtigten schienen unschuldig zu sein."

Der Hauptkommissar nickte. „Doch woher wusste Ester Klong, dass ihre Großmutter an diesem Abend in den Keller ging?"

„Ganz einfach. Im Tagebuch steht es. Esther dachte wohl, dass meine Großmutter bereits am Tag zuvor an Zyankali gestorben war. Als sie aber sah, dass sie immer noch am Leben war, dachte sie fieberhaft nach. Da erzählte ihr meine Großmutter, dass sie sich vom Club fernhalten und sich erst einmal ausruhen und um die Wohnung kümmern wolle. Sie erzählte davon, dass sie am Abend Wäsche waschen würde. Esther brauchte nur abzuwarten, bis sie die Wäsche in die Maschine gab, um

167

zu wissen, wann sie in etwa fertig wäre. Das war der Startpunkt, die weiteren Schritte zu planen.

Es war sehr klug von Esther, mir ihre Freundin Lara vorzustellen. Sie spekulierte darauf, dass wir Gefallen aneinander finden würden, was wir auch tatsächlich taten. Dadurch wusste ich zwar, was Esther tat, sie jedoch auch, womit ich mich beschäftigte. Denn Lara erzählte ihr alles ungefiltert weiter.

So wusste Esther zum Beispiel, dass ich bei der Sucht- und Drogenberatung in Bruchsal war und mich mit der Droge ‚Spirit of Energy' beschäftigte. Meine Nachforschungen wurden ihr zu heiß. Auch ich wurde ihr zur Gefahr. Sie beschloss, mich aus dem Weg zu räumen. So schlug sie mich nieder und fesselte mich. Sie wollte mich als weiteres Drogenopfer ausgeben. Einige waren ja bereits durch die Droge gestorben.

Wie es dann weiterging, wissen Sie ja. Ich bin Ihnen sehr dankbar, dass Sie mir Ihr Vertrauen geschenkt haben."

Der Hauptkommissar lächelte anerkennend.

Benjamin schmunzelte: „Es waren letztendlich die Erpresserbriefe, die mich auf ihre Fährte brachten. Erst dann dachte ich über sie als mögliche Täterin nach."

Zurück zu Hause, saß Benjamin an seinem Schreibtisch. Motiviert informierte er sich über den Studiengang Kriminalistik und dessen Zulassungsvoraussetzungen. Durch das Erlebte in Bruchsal und Baden-Baden war er sich sicher: Seine wahre Begabung lag in diesem Fachgebiet. Das Freiwillige Soziale Jahr im Kindergarten hatte er gekündigt. Im kommenden Sommersemester würde er mit dem Studium beginnen können. Seine Eltern waren nicht glücklich über den Weg, den er einschlagen wollte. Aber schließlich war es seine Entscheidung und nur er konnte wissen, was ihn glücklich machen würde. Als Studienort hatte er sich Stuttgart ausgesucht. Nahe genug an Ulm, um ab und an seine Eltern besuchen zu können, fern genug um selbstständig und unabhängig zu werden.

Es klopfte an der Tür. Barbara streckte den Kopf hinein und gab Benjamin Bescheid, dass in zehn Minuten das Essen fertig sei.

„Ich bin in ein paar Minuten da", antwortet Benjamin.

Er fuhr seinen Laptop herunter und blickte auf das Tagebuch seiner Großmutter, das auf seinem Bett lag. Er nahm es lächelnd in die Hand und strich über den Einband. Großmutter hatte sicher gewusst, dass auf ihn Verlass war. Dass er ihren Weg weitergehen und es zu Ende bringen würde. Sie waren sich im Grunde sehr ähnlich gewesen. Und so, wie sie ihrem Instinkt gefolgt war, folgte er seinem. Dankbar für alles, was er durch sie erlebt hatte, legte er es auf das Bett zurück.

Benjamin schaute aus dem Fenster. Dann lächelte er, nahm sein Handy und wählte eine Nummer. Es ging nur die Mailbox an, auf die er sprach: „Hallo Lara, hier ist Benjamin. Ich wollte mich längst bei dir gemeldet haben. Aber in den letzten Tagen ist unglaublich viel passiert. Wenn du magst, dann könnten wir ja mal einen Kaffee miteinander trinken? Dann erzähle ich dir alles. Ich hoffe, dir geht es gut … Melde dich einfach, wenn du magst. Bis bald."

Er räusperte sich, steckte das Handy ein und verließ gut gelaunt das Zimmer.

**Bücher von Günther Tabery:**

Der Mord an Lili W.

Dunkles Arztgeheimnis

Akte Röhninger

Zerstörte Bande

Ihr letzter Eintrag

Sowie die Reihe mit Martin Fennberg als Detektiv:

Band 1:     Ave Maria für eine Leiche

Band 2:     Stumme Gier

Band 3:     Doppelte Fährte

Band 4:     Dramatischer Tod

Band 5:     Faules Ei

Band 6:     Tödlicher Irrglaube

Band 7:     Mörderische Drinks